La Punition

CATHY KÖNIG

Copyright © 2019 Catherine König

Tous droits réservés.

ISBN : 9781082539732

A mes 3 hommes,
mon mari Gerhard
et mes deux fils Alain et Laurent

"Méfiez-vous de tous ceux en qui l'instinct de punir est puissant."

Friedrich Nietzsche

La Punition

La silhouette de la maison se dessinait maintenant plus clairement sur la côte au fur et à mesure que le bateau se rapprochait du mouillage.

Il détestait cette maison. Il la détestait au plus profond de lui-même. Lorsqu'il revenait de la pêche vers la côte, comme à l'instant, il lui semblait qu'elle l'attendait, l'observait, le narguait…

Lorsqu'il était en mer, loin du rivage et de ses souvenirs, lorsqu'il humait l'air piquant et iodé et sentait les embruns sur son front, il croyait pouvoir être bon.

Il l'aurait tant voulu… Etre bon !

Mais la maison réapparaissait. Et avec elle sa peur, sa haine, ses vices, ses horreurs…

La Punition

1

« Il est temps de vivre la vie que tu t'es imaginée... »

Henry James

- Je peux vous aider ?

Elle reposa aussitôt la valise dans l'étroit couloir du wagon.

-Merci, très volontiers ! Elle est vraiment trop lourde pour moi …

C'était la dernière valise qu'elle rangeait dans le compartiment à bagages et elle se battait déjà depuis quelques minutes pour la caser dans la seule place encore libre, sur l'étagère la plus haute. Elle était en nage et cela se voyait certainement.

Le jeune homme qui l'avait apostrophée souleva le bagage sans effort apparent et le plaça d'un mouvement d'une exactitude parfaite dans le seul espace disponible entre les autres valises.

- Merci, c'est vraiment… ». Il était déjà parti et elle vit son sac à dos rebondissant à chaque pas au bout du couloir.

Cécile chercha sa place dans la rangée de sièges et s'installa avec soulagement du côté fenêtre sur le siège correspondant au numéro de sa réservation.

Une jeune fille prit place sur le siège voisin du sien. Les fils de ses oreillettes disparaissaient dans la poche de son sweat-shirt gris et les basses de la musique qu'elle écoutait rythmaient le silence ouaté du wagon de première. Ignorant totalement les signes que lui adressait une élégante femme sur le quai – sa mère sans aucun doute – elle secouait la tête en cadence, les yeux dans le vague et le visage fermé. Le train démarra sans un bruit et Cécile ne put s'empêcher de sourire en observant la maman qui continuait à agiter la main à l'attention de l'adolescente. Celle-ci affichait une désinvolture superbe face à son entourage, ignorant le regard critique que quelques voyageurs lui lançaient à l'écoute des bribes de musique qui se propageaient dans cette partie du wagon. Cécile pensa avec effroi aux dégâts que subissaient les tympans de l'adolescente.

Elle avait toujours aimé voyager par le train, même à l'époque où les wagons n'étaient pas si confortables qu'aujourd'hui, et elle prit plaisir à coller son front sur la vitre froide pour regarder le paysage qui défilait à grande vitesse.

Après quelques minutes, elle sortit sa tablette de son grand sac à main afin de faire des recherches sur les environs de son pied à terre breton.

La maison de ses hôtes, les Le Cornic, se trouvait sur la côte, à quelques pas de la grève, face à l'Ile de Bréhat. Cécile avait fait ses études à Rennes et connaissait bien la Bretagne mais la région où elle se rendait lui était totalement inconnue. Elle se rappelait avec plaisir les week-ends passés à Saint-Malo où elle était régulièrement invitée par les parents de son amie et compagne d'étude Lucy. La famille franco-anglaise y possédait une charmante maison non loin des superbes plages de Paramé et les deux étudiantes avaient passé des heures à reconstruire le monde sur le sable ou dans les charmants cafés de la vieille ville.

Bien installée sur le large siège du TGV elle se connecta à Internet.

Elle ressentait une sorte d'excitation et d'euphorie à l'idée de s'établir pour plusieurs mois dans un endroit qu'elle ne connaissait pas. Une sorte d'aventure confortable ! Elle comprit combien elle souffrait de sa vie banale et prévisible des dernières années. Dès qu'elle eût entré l'adresse de la maison sur Google Map, la carte apparut rapidement, marquée du petit repère rouge indiquant l'endroit exact.

Elle remarqua que des données de Street View étaient disponibles pour la rue et cliqua sur l'icône. Elle se retrouva aussitôt virtuellement dans la rue, à décrypter les images tournées par le véhicule Google. La vue sur la mer était superbe et son cœur se gonfla d'impatience à l'idée de découvrir bientôt ce panorama. La mer lui manquait beaucoup depuis son installation dans le sud de l'Allemagne. Agissant sur les flèches de positionnement de Street View, elle se mit à circuler dans sa future rue, observant les maisons qui la longeaient et la vue sur la mer qui se modifiait.

Non loin de la maison des Le Cornic, sur l'autre côté de la rue, se trouvait une maison de plain-pied en pierres, très ressemblante à la leur. Le bâtiment possédait en tant que seule fenêtre sur la rue une petite lucarne, comme de nombreuses anciennes maisons bretonnes dont les ouvertures sont totalement tournées vers le sud.

A cet endroit, la vue sur l'archipel de Bréhat était saisissante de beauté et elle essaya d'imaginer le jardin qui jouxtait la maison face à la mer…

Peut-être la maison était-elle à vendre ? Cécile agrandit la vue et observa en détail le bâtiment. Il ne semblait pas habité. Des ronces poussaient le long du mur à la lisière du trottoir. Par contre, on avait l'impression qu'il y avait un rideau à la petite lucarne… Elle agrandit encore la prise de vue. Ce n'était pas un rideau mais une feuille de papier qui obstruait la petite vitre.

Un texte était inscrit sur cette feuille. Elle agrandit au maximum l'image au détriment de la qualité jusqu'à lire quelque chose comme HALTE ou peut-être HELP ! Écrit en épaisses lettres noires … Sans doute une blague faite par des enfants qui avaient attendu le passage du véhicule Google. Elle avait lu que certaines personnes, averties du passage de la caméra, se griment spécialement et se positionnent en bordure de route pour figurer sur la prise de vue. Pour certains, c'est même l'occasion de faire passer un message politique ou personnel en accrochant une banderole…

En tout cas, l'endroit était magnifique !

Cécile éteignit sa tablette et se calla dans le siège pour rêver à la vie qui l'attendait en Côtes d'Armor.

Tout était allé si vite les derniers temps…

Quelques semaines auparavant, elle avait accepté de traduire un manuscrit complexe de cinq cents pages sur le Mur de l'Atlantique en Bretagne. En fait, elle connaissait très mal le sujet, et elle regrettait un peu de s'être laissée convaincre par le discours persuasif de l'auteur et par l'attractivité de la rémunération…

- Qu'est-ce que c'est que cette histoire de « Mur de l'Atlantique » ?, lui avait demandé son amie Sophie, « un traité de maçonnerie ? »

Sophie, sa meilleure amie, avait toujours beaucoup d'humour mais peu de connaissances en histoire…

- Mais non, le Mur de l'Atlantique était le nom qui avait été donné aux fortifications construites par les Allemands durant l'Occupation en France. Elles étaient sensées éviter un débarquement des alliés sur les côtes Françaises. On parle de mur DE L'ATLANTIQUE mais en fait les blockhaus, bunkers et défenses armées qui le composaient s'étendaient sur toutes les côtes de la zone occupée, c'est-à-dire aussi bien sur les côtes de la Manche que sur les côtes Atlantiques… Et dans ce livre, l'auteur étudie les méthodes de construction des blockhaus aussi bien que les différents types de bunkers, leur agencement et la vie de leurs occupants.

Devant la moue de Sophie, dénotant le peu d'enthousiasme de son amie pour le sujet, Cécile ajouta :

- Mais en l'occurrence, dans le livre que je dois traduire, il s'agit surtout du mur de défense construit sur les côtes bretonnes. C'est pour cela que je pense y séjourner…

Effectivement ce projet lui avait donné l'idée d'aller travailler sur les lieux mêmes du sujet du livre et cette perspective de s'établir en France pour quelques mois l'avait aussitôt enthousiasmée. Cela faisait maintenant plus de dix ans qu'elle vivait dans le sud de l'Allemagne. La mer, et la côte bretonne tout particulièrement, lui manquaient de plus en plus.

Sa profession de traductrice lui permettait de travailler chez elle, situation qui convenait parfaitement à sa personnalité casanière et solitaire. Elle pouvait rester des heures durant dans son bureau avec ses deux chats comme seule compagnie !

Le plan étant envisageable, son seul problème résidait dans la garde de Laurel et Hardy, ses deux vieux compagnons ronronnant qu'elle ne pouvait en aucun cas déraciner – ne serait-ce que pour quelques mois !

Sur un coup de tête, elle avait décidé de mettre sa

petite maison sur le site de Home Sitting, après avoir entendu parler de ce système de partage à une soirée entre amis.

Sans y croire vraiment, elle avait aussitôt rédigé une présentation de son pavillon en banlieue de Stuttgart et des deux félins y résidant et avait posté l'offre sur le site.

Elle n'en croyait pas ses yeux lorsqu'elle avait découvert dès le surlendemain une offre de gardiennage pour sa maison et ses chats dans sa boite mail. Elle émanait d'un couple de retraités américains, Jenny et Bill. La famille d'origine juive-allemande de Jenny avait quitté l'Allemagne pour rejoindre les États-Unis en 1938 et elle voulait renouer avec ses racines allemandes et rencontrer ses cousins vivant en Allemagne.

Les marchés de Noël et autres manifestations de l'Avent offrent une fascination incroyable sur les étrangers, surtout les Américains et Jenny et Bill ne faisaient pas exception à la règle ! Ils souhaitaient passer les fêtes de Noël en Allemagne et donc rester jusqu'en Janvier… Cela dépassait la période à laquelle Cécile avait imaginé résider sur la côte bretonne mais n'ayant aucun autre projet, elle avait accepté. Le couple adorait les chats et ils avaient une expérience solide de cat-sitter. C'était pour elle primordial car le fait de laisser Laurel et Hardy lui fendait déjà le cœur.

Après avoir accepté l'offre de Jenny et Bill, elle ne pouvait plus reculer et il lui avait fallu trouver une maison en Bretagne à la même période.

Elle avait également choisi la solution du gardiennage qui lui permettait de loger sans frais et avait trouvé très rapidement une petite maison avec vue mer sur la côte bretonne, tout près du lieu de résidence de l'auteur du livre qu'elle devait traduire.

Les propriétaires cherchaient une gardienne pour leur logis et leur chat durant leur séjour à la Réunion. Les Le Cornic l'avaient appelée dès la réception de son offre de gardiennage et le courant était tout de suite parfaitement passé entre eux.

Jenny et Bill étaient arrivés à l'aéroport de Stuttgart tôt le matin, un beau jour de Septembre. Grâce aux photos qu'ils avaient postées sur Internet, elle avait reconnu leurs silhouettes si particulières – Bill, très maigre, mesurait certainement près de deux mètres alors que Jenny était plutôt petite et boulotte - dès qu'ils avaient passé la porte de sortie, poussant un chariot chargé de quatre grosses valises et elle s'était précipitée à leur rencontre.

Leur gentillesse et leur enthousiasme avaient calmé les craintes qui l'avaient envahie avant son départ et c'est ainsi que quelques heures plus tard, en ce jour de Septembre, Cécile Delange se retrouva assise dans ce train qui filait à grande vitesse vers l'ouest et vers un avenir inconnu.

2

« Le véritable voyage de découverte ne consiste pas à chercher de nouveaux paysages, mais à avoir de nouveaux yeux. »

Marcel Proust

La nuit commençait à tomber lorsque le taxi s'arrêta devant leur maison. Anne Le Cornic guettait déjà à la fenêtre du séjour depuis vingt minutes au moins. Cécile Delange l'avait appelée de la gare pour lui confirmer sa prochaine arrivée et c'était avec une impatience mêlée d'un peu d'appréhension qu'elle attendait la jeune femme.

C'était le premier voyage outre-mer qu'Anne Le Cornic et son mari entreprenaient. Des amis de longue date les avaient persuadés de leur rendre visite à la Réunion où ils avaient acheté une maison quelques années auparavant. Le projet les avait enthousiasmés au début mais plus la date du départ approchait et plus Anne Le Cornic appréhendait ce voyage. Laisser Noireau lui coûtait tellement ! Ce chat était tellement particulier. Il comprenait tant de choses… Et puis sa maison et sa Bretagne lui manqueraient certainement très vite ! Elle le savait déjà…

Elle se précipita à la rencontre de Cécile pour l'accueillir alors que celle-ci était en train de régler le taxi. Elle fut un peu surprise par l'élégance de la jeune femme et inspecta rapidement sa propre tenue, une sorte d'uniforme qu'elle portait les trois quart de l'année : Un jean bleu plus ou moins délavé, un chemisier blanc et un gilet bleu marine. Pour leur voyage, elle avait fait l'acquisition d'une nouvelle paire de tennis blanc. Cécile Delange portait en fait des vêtements très semblables aux siens, même si l'effet était très différent: jean, pull bleu marine et chemisier, dont le col bleu ciel élégamment remonté dépassait du pull marin. En descendant du taxi, elle avait jeté sur ses épaules un trenchcoat court dans les tons beiges, dont la longueur mettait ses fines jambes en valeur. Cécile dépassait probablement Anne Le Cornic d'une tête et sa taille, alliée à une ligne parfaite, lui conférait une allure de mannequin. La parfaite coupe mi-longue de ses cheveux châtain-clair ajoutait à l'élégance de son look.

-Bonjour Cécile ! Et bienvenue à Plessand !

Anne Le Cornic serra chaleureusement la jeune femme dans ses bras.

Deux grosses valises et un sac de voyage reposaient aux pieds de la jeune femme et Yann Le Cornic, visiblement impressionné lui aussi par la jeune-femme, s'en empara aussitôt après l'avoir saluée.

Noireau répondit tout de suite aux caresses de Cécile en ronronnant, ce qui laissait augurer de leur bonne entente et rassura quelque peu Anne Le Cornic.

Elle fit faire à Cécile une visite détaillée de la maison, Noireau les suivant et se frottant contre les jambes de la nouvelle-venue. Ce chat était décidément un grand charmeur ! Anne expliqua le maniement de chaque appareil ménager et la place de tout ce dont Cécile pourrait avoir besoin.

Elle remarqua cependant rapidement la fatigue inscrite sur le visage de la jeune femme qui sans vouloir être impolie, semblait avoir quelques difficultés à se concentrer sur les détails de ses explications. Elle s'interrompit aussitôt en lui tendant une documentation.

- De toutes façons, nous avons tout noté dans ce petit livret. Nous ne voulons pas vous embêter plus longtemps avec tout ça !

- Je vous montre encore la réserve de bois avec laquelle vous pourrez réapprovisionner le poêle ! » Yann le Cornic tenait déjà la clé de l'appentis en main et sortit avec Cécile alors qu'Anne prenait congé de leur chat avec beaucoup d'émotion.

- Je vous ai laissé quelques denrées de base dans le frigo pour vos premiers repas » dit-elle quelques minutes plus tard en embrassant Cécile qui la remercia chaleureusement pour leur accueil.

Le couple partit à pied chez leurs amis et voisins où ils avaient déjà déposé leurs bagages et chez qui ils passeraient la nuit avant de partir pour leur long voyage.

Ils avaient décidé de laisser leur voiture – une Peugeot 308 en parfait état – sous l'abri et à la disposition de Cécile. La jeune femme leur avait en effet raconté qu'elle laissait la sienne aux Américains qui logeaient dans sa maison pour leurs déplacements en Allemagne et Anne avait persuadé son mari qu'ils devaient eux aussi mettre leur véhicule à disposition de Cécile.

Si, à ce moment, Anne pleurait surtout son chat, Yann avait quelques difficultés à laisser derrière lui cette maison qui était toute sa vie. Il y était né et presque chaque jour de sa vie, il avait pu contempler le splendide paysage de l'archipel en buvant son café matinal.

Il saisit avec affection la main d'Anne dans la sienne alors qu'ils effectuaient les cinq cents mètres qui les séparaient de la demeure de leurs amis et elle fit mine de ne pas remarquer les larmes qui envahissaient les yeux de son mari.

3

« L'intelligence, c'est la faculté de s'adapter au changement. »

Stephen Hawking

Une fois que les propriétaires de la maison eurent quitté les lieux, Cécile se prépara une tasse de thé et revisita à son rythme chaque pièce de la petite maison. C'était une longère typique de la région, une maison de plain-pied agencée autour d'une pièce unique qui servait à l'époque de sa construction de lieu de vie pour toute la famille.

Cette partie abritait maintenant la cuisine et le salon où un poêle à bois dispensait une chaleur accueillante, son ronronnement bienveillant accentuant l'impression de convivialité de la pièce. Elle sut immédiatement qu'elle s'y sentirait bien.

Un escalier en colimaçon menait à une grande

chambre claire dont la fenêtre donnait sur la mer. Le paysage était superbe, même si à cette heure de la journée, l'archipel de Bréhat s'effaçait peu à peu dans la nuit.

Le bâtiment attenant à la maison, appelé « la crèche » en Bretagne et qui servait autrefois à abriter les animaux domestiques, avait été aménagée pour y installer les sanitaires ainsi qu'une petite buanderie.

La porte-fenêtre du salon donnait sur une jolie terrasse d'où on avait également une splendide vue sur la mer.

Noireau la suivait toujours pas à pas et ne semblait pas s'inquiéter de l'absence de ses maîtres. Cécile le prit dans ses bras et s'installa confortablement avec lui sur le petit canapé afin de faire plus ample connaissance avec son nouveau compagnon. C'était un jeune chat noir avec une petite tache blanche sur la poitrine et un joli collier de cuir rouge. Son regard vif suivait chacun de ses mouvements et il semblait beaucoup apprécier les caresses.

Noireau était habitué à sortir autant qu'il le voulait mais Cécile décida de le garder dans la maison le premier soir afin qu'il s'habitue à sa présence.

Elle rangea ses affaires dans l'armoire que ses hôtes avaient libérée à son attention et revêtit un pantalon de sport et un sweatshirt après avoir pris une douche bien chaude.

Lors de ses déplacements dans la maison, elle était attirée comme d'un aimant par les grandes fenêtres donnant sur la baie et le spectacle de la grève disparaissant peu à peu dans des lambeaux de nuit la fascinait au plus haut point.

Elle mit la télévision en marche afin de voir les informations et la météo locale et prépara son dîner ainsi que celui de Noireau. Mme Le Cornic lui avait laissé des œufs frais, du jambon et du pain frais et elle se confectionna une bonne omelette qu'elle dégusta avec un verre du Chardonnay qu'elle avait également découvert dans le frigo.

Après son court dîner, Cécile installa son ordinateur portable sur le petit bureau de la chambre et se connecta à Internet.

Elle avait reçu quelques mails depuis son trajet en train, dont un d'Erwan, l'auteur du livre sur le Mur de l'Atlantique, qui lui demandait des détails sur son séjour en Bretagne.

Cécile l'avait informé de son projet de travailler à la traduction sur place, dans la région de Paimpol, et il se réjouissait de sa venue et de son engagement qu'il interprétait comme une preuve de son enthousiasme vis-à-vis du sujet. Elle ne voulait pas le décevoir en lui révélant que ce travail lui fournissait surtout l'opportunité de s'échapper d'une vie qui ne la satisfaisait plus et de revoir cette Bretagne qu'elle adorait…

Elle décida d'appeler Erwan le lendemain pour lui annoncer son arrivée.

Elle ne l'avait vu qu'une fois à Paris lorsqu'ils s'étaient rencontrés pour parler du projet de traduction. Elle n'était pas certaine du tout, à l'époque, de vouloir se lancer dans ce travail qui semblait plutôt rébarbatif mais l'enthousiasme et les dons de persuasion d'Erwan avaient eu raison de ses doutes.

Erwan était étonnamment jeune pour traiter d'un tel sujet et il donnait l'impression de vivre pour la cause de son livre et de ses recherches sur les bunkers. Grand, blond et élancé, on l'imaginait plutôt travaillant pour une société de communication alors qu'il passait son temps à déterrer les blockhaus lorsqu'il ne servait pas de guide à un groupe d'Américains sur les plages du débarquement.

Ses bâillements répétés persuadèrent Cécile qu'il était temps de se mettre au lit. Après avoir lu quelques pages du livre qu'elle avait commencé dans le train, elle éteignit la lumière et entendit bientôt les petits pas pressés de Noireau qui venait la rejoindre… Elle le laissa s'installer à ses pieds, faisant une exception pour le premier jour sans ses maîtres…

Le vent sifflait contre la fenêtre de la chambre et Cécile écouta quelques temps les bruits si peu familiers de cette maison avant de sombrer dans un profond sommeil.

4

« Il n'y a rien qu'un homme aime tant que de plaire à une femme."

Helen Fielding

Antoine Caurel ferma la porte d'entrée de sa maison et s'arrêta un instant pour regarder la longère des Le Cornic. Hier, alors qu'elle descendait du taxi, il avait aperçu la jeune femme qui occuperait la maison durant leur voyage. Quel charme ! Il l'avait trouvée très attirante… Assez grande, d'allure sportive avec des cheveux mi-longs chatain-clair, elle était tout à fait son genre de femme… Il se promit d'aller la saluer dans les jours à venir, en tant que voisin, mais aussi en tant que maire de la commune.

Il s'installa au volant de sa Range Rover Classic beige de 1976. Il avait acheté cette voiture de collection parfaitement rénovée aux enchères et réalisé avec cette acquisition un vieux rêve de jeunesse. Il avait toujours admiré l'élégance sportive de ce 4X4 conçu par Charles Spencer King et se réjouissait à chaque fois qu'il s'installait au volant du véhicule et sentait la décente odeur de cuir qui flottait dans l'habitacle. Il démarra pour rejoindre la petite route qui menait au centre du village. Il avait ce matin un rendez-vous important concernant le déménagement éventuel des ostréiculteurs et il devait préparer l'entretien qui ne manquerait certainement pas d'être très houleux. Le sujet soulevait depuis des mois les passions des différents groupes impliqués et il devenait urgent de trouver une solution acceptable pour tous. Il savait que ce serait à lui de jouer le médiateur, un rôle qu'il endossait volontiers dans le cadre de ses fonctions.

On l'appréciait d'ailleurs beaucoup pour sa diplomatie. Cela faisait maintenant cinq ans qu'il était maire de la commune et il avait jusqu'à présent toujours réussi à gérer les désaccords, dispersant ainsi les craintes qui avaient accompagné son élection… Il n'avait que trente-huit ans lorsqu'il avait été élu, et à l'époque, ses opposants ne manquaient pas de mettre les électeurs en garde contre son manque d'expérience et de connaissance de certains dossiers. On lui prédisait aussi de grandes difficultés à fédérer les groupes professionnels. Depuis, il s'était révélé être un fin médiateur et avait gagné la confiance de la plupart des pêcheurs et des agriculteurs. Il avait réussi à désamorcer de nombreux conflits. Il était confiant d'y arriver cette fois encore !

Il savait aussi que l'on jasait un peu sur ses conquêtes féminines dans la commune. Il était difficile de cacher ses aventures dans la région, même si elles impliquaient souvent des femmes mariées, mais il ne se voyait pas s'assagir avant longtemps. A quarante-trois ans, même si la perspective d'une famille le tentait de temps à autre, il ne se sentait pas encore près à tirer un trait sur sa liberté …

Pour l'instant, il sentait monter en lui une poussée d'adrénaline, comme chaque fois qu'il savait devoir bientôt déployer tous ses talents…

Ensuite, il serait peut-être temps de rencontrer cette charmante voisine ! En connaisseur, il avait tout de suite apprécié la silhouette élancée et féminine à la fois de la jeune femme et le galbe de ses cuisses, serrées dans son jean bleu marine le faisait déjà rêver…

5

« Si tu veux profiter de ta vie, apprends à profiter de ta simple journée. »

Confucius

-Allô ! Erwan ? C'est moi Cécile.

Après avoir pris son petit déjeuner et dégusté une seconde tasse de thé en contemplant la mer, Cécile avait composé le numéro d'Erwan.

-Cécile, bonjour ! Où êtes-vous ? Quand venez-vous en Bretagne ?

-Je suis arrivée hier soir. J'ai lu votre mail et je voulais seulement vous prévenir que je suis sur place.

- C'est formidable. Vous m'avez écrit que vous avez loué une maison à Plessand. Je connais très bien l'endroit ! C'est superbe et il y a une quantité de sites très intéressants dans ce coin. Des Blockhaus de toute beauté ! Voulez-vous que nous nous rencontrions pour les voir ? Je me ferai un plaisir de vous faire visiter et cela vous aidera pour les traductions.

-Volontiers, Erwan. Mais laissez-moi m'installer s'il vous plaît. J'ai besoin de trouver mes marques avant de me lancer dans mon travail. Je ne pense pas commencer à traduire avant quelques jours.

-Vous avez raison. Excusez-moi de vous brusquer de cette façon ! Mais revenez vers moi dès que vous le voudrez. Je me libèrerai pour vous montrer certains lieux intéressants dans la région.

Après lui avoir promis de l'appeler dans les prochains jours, Cécile prit congé d'Erwan et se prépara pour une première promenade. Elle avait tellement hâte de découvrir son nouvel environnement !

Le soleil brillait mais l'air était vif. Elle enfila un sweat-shirt sous sa veste coupe-vent et se coiffa de son vieux bonnet rayé avant de refermer la porte de la petite maison de pierres. Noireau semblait vouloir l'accompagner, même s'il la suivait à quelque distance, gambadant en bordure de la route et se cachant derrière les genêts.

La rue descendait en pente douce et, après quelques

maisons voisines de la demeure des Le Cornic, le chemin était totalement dépourvu d'habitation. Cécile arriva bientôt sur une sorte de petit promontoire. La vue était magnifique et des larmes d'émotion envahirent ses yeux. La mer était haute et mouvementée et des ourlets d'écumes ornaient la surface de l'eau jusqu'à l'horizon. Les vagues se brisaient sur les écueils de l'archipel et explosaient en une gerbe blanche.

Un groupe de randonneurs croisa son chemin. Chargés de leur sac à dos, ils marchaient tous au même rythme d'un pas régulier vers le village et la saluèrent joyeusement.

Elle reprit son chemin. La route continuait en direction de la grève et l'on entendait déjà de cet endroit les galets rouler sous les vagues.

A quelques mètres du promontoire apparut la jolie maison de pierres qu'elle avait vue sur Street View. C'était la seule de ce côté de la rue et elle trônait au sommet d'un superbe terrain arboré qui descendait jusqu'à la mer. Comme on le voyait sur Internet, elle n'avait qu'une petite lucarne donnant sur la rue et était totalement tournée vers la grève. Les camaïeux de gris et beige de ses murs en pierres créaient un tableau saisissant de beauté avec les bruyères en fleurs du jardin et le bleu profond de la mer en arrière-plan.

La maison semblait abandonnée et le terrain était entouré sur un coté par un vieux mur de pierre plus ou moins recouvert de ronces et sur l'autre par une clôture métallique envahie elle aussi par les mauvaises herbes et les buissons de mûres.

La peinture bleue du portail en bois s'écaillait par endroits et une chaîne retenue par un gros cadenas brillant interdisait l'accès de la propriété. Le rideau, ou plus exactement la feuille qu'elle avait vue sur les images de Street View, n'était plus accrochée à la lucarne.

Cécile dépassa la maison pour rejoindre la grève en se promettant de revenir avec son appareil photo afin d'essayer de saisir la beauté du lieu.

Elle fit une longue promenade sur la côte, à la découverte des chemins côtiers de la presqu'île et revint plus de deux heures plus tard à la maison des Le Cornic, les joues rougies par l'air et le vent.

Noireau avait depuis longtemps fait demi-tour et il l'attendait en miaulant devant la porte.

Cécile réalisa qu'il lui fallait faire quelques courses pour son installation et elle partit en voiture en direction du bourg, en emportant le grand panier de Mme Le Cornic. Le pays était très calme en cette fin septembre et elle trouva sans peine une place sur le parking du village.

Après avoir fait quelques achats au petit supermarché, elle poussa la porte en verre de la boulangerie et une bonne odeur de pain chaud attisa son appétit.

Cécile était la seule cliente. La boulangère, une charmante femme entre deux âges, dont les yeux rieurs reflétaient la joie de vivre, était sans doute un peu curieuse. Elle ne manqua pas de lui demander si elle était en vacances dans la région.

-Non, j'occupe la maison des Le Cornic durant leur voyage dans les îles.

-Ah c'est vous la traductrice allemande ? Madame Le Cornic m'a raconté !

- En fait, je ne suis pas allemande. Je vis seulement en Allemagne. Je suis française et très heureuse d'être ici. J'aime beaucoup la Bretagne.

Ne voulant donner de plus amples détails sur sa vie privée, Cécile changea de sujet afin de faire diversion:

- Je suis allée me promener ce matin à la grève et j'ai vu une jolie maison qui me plaît beaucoup.

- Vous cherchez une maison à acheter ? Il y en a

beaucoup, en ce moment, par ici.

Elle n'avait jamais vraiment pensé à acheter une maison en France et pensait plutôt investir son épargne- logement dans un appartement à Stuttgart afin de s'affranchir de son onéreux loyer. Mais cette maison lui trottait dans la tête… et lui donnait tout à coup des envies d'emménager dans la région !

- Je ne cherche pas vraiment mais cette maison me plaît. C'est la seule du côté mer, après le promontoire. Elle a un grand terrain qui va jusqu'à la grève.

- Ah, la maison de la mère Caurel ! Elle n'est sûrement pas à vendre !

- Elle est toujours habitée ???

- Non, la mère Caurel est morte depuis au moins quinze ans. Mais son petit-fils ne vendra jamais.

- Il y vient parfois en vacances ?

Elle se mit à rire. Cécile ne comprit pas ce qu'elle avait dit d'amusant mais elle sourit en retour.

- Il habite juste à côté. C'est un voisin à vous. Monsieur Caurel est notre maire. Il est architecte de métier. Il y a quelques années, il s'est fait construire une maison dans la même rue, en face, avant le virage. Une belle villa très moderne avec de grandes baies vitrées… « La Villa Blanche » !

Effectivement, Cécile se souvenait d'une grande maison blanche à toit plat qui surplombait la rue, avant le promontoire. La villa, avec son architecture avant-gardiste, détonnait un peu au milieu de toutes ces maisons de pierres et même si Cécile en avait admiré l'élégance, elle l'avait trouvée quelque peu tapageuse…

La boulangère continua :

- Il était très lié à sa grand-mère et à la région. À ce qu'il parait, la maison est restée telle qu'elle depuis la mort de la vieille!

- Dommage. Cette maison me plaît vraiment !

- Vous pouvez toujours essayer de le persuader ! Vous le rencontrerez certainement ! » Et elle ajouta avec un clin d'œil. « Vous le reconnaitrez facilement, il est plutôt bel homme !

6

"Un pessimiste voit la difficulté dans chaque opportunité, un optimiste voit l'opportunité dans chaque difficulté."

Winston Churchill

Elle passa l'après-midi à lire le manuscrit d'Erwan et la complexité du sujet la surprit. Il était clair que la traduction ne serait pas facile et qu'elle aurait à se familiariser avec la technicité de l'architecture des blockhaus pour parvenir à traduire ce livre.

Il était déjà plus de dix-huit heures et le jour déclinait déjà. Le vent s'était calmé et avec lui le sifflement de la fenêtre de l'étage.

Cécile s'étira et décida de faire une courte promenade avant son dîner.

Elle partit en direction de la grève et lorsqu'elle

arriva à la hauteur de la maison « de la mère Caurel » comme l'avait nommée la boulangère, elle aperçut un homme qui fermait le cadenas du portail. Très grand et massif, il lui tournait le dos mais il lui fit face juste au moment où elle arriva à sa hauteur. Elle le salua.

- Bonsoir ! répondit-il sans sourire. Le bleu des yeux qui la scrutaient la firent presque sursauter. Il devait avoir la quarantaine, une silhouette haute et musclée. Les cheveux coupés courts, il ne portait pas de barbe. Son visage était large avec une mâchoire carrée, un nez légèrement épaté. Il était plutôt bel homme mais c'était surtout ses yeux très clairs qui semblaient vouloir vous transpercer et qui la déstabilisa.

-Vous êtes Monsieur Caurel, je suppose. »

Dit-elle d'une voix mal asurée. « Cette maison est très jolie!

- C'était la maison de ma grand-mère, répondit-il d'un ton bourru.

- Excusez-moi! Je ne me suis pas présentée. Je suis Cécile Delange. Je loge dans la maison des Le Cornic pendant leur absence. Je suis traductrice.

Cécile lui tendit la main.

- Ah oui ! » Fit-il comme toute réponse, en serrant, comme à contre cœur mais avec une douceur inattendue, la main qu'on lui offrait.

Planté devant Cécile, il la détaillait sans sourire de son curieux regard.

-Il faut que j'y aille ! Bonne soirée ! » Fit-il en se retournant brusquement.

Sans attendre la réaction de la jeune femme, il repartit vers le village, en direction de la « Villa Blanche », sa grande silhouette se balançant de gauche à droite, au rythme de ses pas pesants.

Un peu abasourdie par cette rencontre, Cécile continua son chemin. « Pas bavard, le type ! Quel ours … » pensa-t-elle.

La mer avait pris les reflets d'argent caractéristiques à cette période qui précède la nuit. La côte était totalement déserte et seuls quelques goélands planaient silencieusement dans la douceur du soir. La beauté du tableau lui donna la chair de poule. Ou bien était-ce la solitude du lieu et la rencontre qu'elle venait de faire? Sans attendre plus longtemps, elle fit demi-tour.

7

« En me réveillant, ce matin, je souris. Vingt-quatre heures toutes neuves se tiennent devant moi. »

Thich Nhat Hanh

Cécile courut ce matin-là jusqu'à la boulangerie afin d'acheter sa baguette chaude pour le petit déjeuner.

C'était une course de trois kilomètres environ qui la menait au centre du bourg en passant par de jolie ruelles bordées d'anciens bâtiments de ferme en pierres et de pimpantes maisons plus récentes aux toits d'ardoises.

Elle avait toujours admiré la propreté de la région et ses maisons blanches au toit gris qui captent si bien la lumière du jour comme du soir. Les hortensias étaient encore en fleurs et leurs énormes têtes bleutées ou roses s'imposaient le long de la chaussée ou contre les murs de pierres.

Lorsqu'elle fut de retour à la maison, elle était complètement en nage et affamée. Elle avait dormi d'une traite mais son sommeil avait été hanté par de nombreux rêves. A son réveil, elle avait éprouvé le besoin de disperser toutes les ombres de la nuit par un peu d'exercice.

Depuis le départ de son compagnon six mois auparavant elle était devenue morose et bien qu'elle ne soit pas encline à la dépression, la mélancolie l'avait quelque peu envahie.

Werner était « parti » pour une année sabbatique et elle avait tout de suite su que c'était la fin de leur histoire. Werner et elle détestaient les drames et les affrontements et il avait trouvé cette échappatoire pour la quitter sans bruit. D'un accord tacite, ils n'avaient jamais abordé l'éloignement qui les gagnait depuis quelque temps ni l'étiolement de leur amour.

Un beau jour de mars, Cécile l'avait accompagné à l'aéroport de Francfort d'où il avait décollé en direction de Dehli, la première étape de son périple solitaire. Elle n'avait pas attendu de nouvelles et n'en avait pas reçu depuis…

Même si cette séparation à l'amiable s'était déroulée

dans le calme et la sérénité, elle en fut plus remuée qu'elle ne voulait le reconnaître. Elle se retrouvait brusquement seule, comme débarquée de force d'un navire qui ne lui convenait certes plus mais qui l'avait fait naviguer à son rythme de nombreuses années…

-Vois-ça comme une belle opportunité, une chance de nouveau départ ! lui répétait son amie Sophie.

Mais son problème était en fait de savoir vers où ce nouveau départ allait la mener…

Le changement de décor radical qu'elle expérimentait maintenant lui faisait du bien, et elle sentait revivre son entrain et son enthousiasme coutumiers.

Depuis qu'elle était à Plessand, son histoire avec Werner semblait si loin, presque irréelle… Et elle n'avait vraiment plus envie d'y penser ! Elle se prépara un grand bol de chocolat chaud pour accompagner ses tartines de pain frais et de beurre salé et se mit à planifier sa journée.

Elle avait décidé d'appeler Erwan dès aujourd'hui. Sa lecture de la veille l'avait un peu effrayée quant à l'ampleur de son travail et l'avait en tous cas persuadée qu'elle aurait besoin de ses explications pour traduire correctement le texte qu'il lui avait remis. Elle avait du mal à se représenter les différentes constructions en béton dont il était question et les voir lui faciliterait certainement la tâche.

Il répondit à son appel dès la deuxième sonnerie et se montra très heureux de pouvoir lui faire connaître une partie de son terrain d'étude.

- J'ai un rendez-vous ce matin mais je peux être chez vous vers quatorze heures. Ça vous va ?

- C'est parfait ! A plus tard !

Elle avait prévu quelques courses pour la matinée. Elle voulait passer à la médiathèque afin de consulter les documents se rapportant aux Blockhaus de la région et projetait d'acheter un téléphone portable rechargeable afin d'être joignable sous un numéro français.

En passant devant la boulangerie, elle décida d'acheter quelques crêpes pour la visite d'Erwan l'après-midi.

La boulangère l'accueillit comme à l'habitude, avec son grand sourire et sa bonne humeur.

-Alors, vous avez demandé à Monsieur Caurel s'il voulait vous vendre sa maison ?

-Non. En fait, je l'ai rencontré mais il n'était pas très causant. Il semble un peu renfermé, non ?

- Caurel ? Ah non. Pas du tout ! » fit-elle avec une moue plutôt comique. « Il est plutôt cordial ! Il devait avoir un gros souci… Ce n'est pas toujours facile d'administrer une commune comme la nôtre, entre les agriculteurs et les pêcheurs !

- C'est certain. J'ai dû le rencontrer un mauvais jour ! A demain !

8

"Transmettre une émotion devant les vestiges d'un passé relève de l'art."

Georges Duby

Erwan arriva ponctuellement, même quelques minutes avant deux heures.

Cécile retrouva avec plaisir son beau sourire sympathique et son regard franc et clair. Dès leur première rencontre à Paris, elle l'avait trouvé plutôt séduisant : grand et bien bâti, il lui faisait un peu penser à un héros romantique, avec ses cheveux blonds un peu longs et savamment désordonnés.

- Alors, vous vous êtes déjà acclimatée ? demanda-t-il ?

- Absolument ! J'adore le coin et je rêve déjà d'acheter une maison !

Erwan avait apporté une multitude de documents et de plans mais Cécile et lui décidèrent de profiter du beau temps pour visiter les vestiges du « Mur de l'Atlantique » sur la côte avant de les consulter.

Il lui expliqua que toute la presqu'île était truffée de blockhaus de tous genres et ils partirent à pied en direction de la grève en suivant cette route qui était maintenant familière à Cécile. Noireau les accompagnait, gambadant comme à son habitude à quelque distance derrière eux.

Lorsqu'ils arrivèrent au promontoire, Erwan sortit de sa poche un plan de la presqu'île sur lequel toutes les constructions de l'occupation allemande étaient signalées. Il y en avait près d'une vingtaine !

- Mais où sont tous ces bunkers ? On ne voit rien !

- Effectivement, beaucoup d'entre eux ne sont plus visibles, recouverts d'herbe et de ronces …. Mais regardez là-bas, à droite du grand chêne !

Effectivement le coin d'une construction grisâtre apparaissait entre les genêts.

- Tous ces blockhaus existent encore, même si certains ne sont plus visibles. Un peu plus loin, vous verrez les vestiges d'une cuve de tir et d'un tobrouk. C'est un petit bunker en forme de tour où un guetteur-tireur était posté. Et dans cette petite prairie, il existe encore un très beau blockhaus, en très bon état !

- Mais il se trouve sur le terrain de la petite maison que j'adore !

- Il s'agit de la propriété de Monsieur Caurel, le maire ! Effectivement, vous avez bon goût ! Cette maison est très mignonne et la vue est vraiment superbe !

- Avez-vous déjà visité le bunker ?

- J'ai essayé l'an passé mais je dois dire que je m'y suis très mal pris. Alors que je me promenais par ici, j'ai découvert le blockhaus sur le terrain. Je suis entré dans la propriété par une brèche dans le mur et alors que je traversais la petite prairie vers le bunker, Monsieur Caurel est arrivé. Il était hors de lui et m'a renvoyé comme un malpropre. Mais je reconnais que j'aurais dû lui demander la permission avant d'entrer dans sa propriété !

- Je l'ai rencontré hier. Il n'est vraiment pas très communicatif… Je pense qu'il n'est pas le même homme dans le cadre de ses fonctions car on semble plutôt l'apprécier ici. Et puis il est probablement un peu sensible pour ce qui concerne cette maison…

- Sans doute ! D'ailleurs, peu après ma visite, il a posé une clôture tout autour du terrain... Mais en tous cas, les constructions présentes sur la propriété Caurel sont très intéressantes et je ne perds pas l'espoir de les visiter un jour. Je vous montrerai les plans de ce type de Bunker tout à l'heure.

Ils continuèrent à parcourir la presqu'île et Erwan lui désigna plusieurs vestiges de l'occupation allemande tout en lui décrivant la vie durant ces années de guerre. Il était un excellent conteur et Cécile, un peu sous le charme de sa voix grave, l'écoutait comme une enfant à qui l'on raconte une histoire.

Ils marchaient tous les deux d'un bon pas et Erwan ne pouvait s'empêcher de gesticuler en parlant, ce qui fit sourire plusieurs randonneurs qu'ils croisèrent sur leur chemin.

Lorsqu'ils furent arrivés à la pointe orientale de la presqu'île, Erwan sortit un trousseau de grosses clés de sa poche. Ils se tenaient sur une butte d'où l'on surplombait le chenal vers Bréhat. Le sol était complètement recouvert par les aiguilles des pins parasols qui poussaient sur la presqu'île et qui conféraient à ce tapis naturel une élasticité incroyable. On avait un peu l'impression de marcher sur un trampoline et Cécile s'en amusa.

- En fait, nous sommes actuellement sur le toit d'un blockhaus et si vous le désirez, je vous fais visiter…

- Je suis un peu claustrophobe mais trop curieuse pour refuser ! Où est l'entrée ?

-Venez ! » Erwan descendit de la butte et la contourna par la gauche pour accéder à l'entrée qui était totalement invisible du chemin.

Des barreaux d'acier condamnaient l'accès au bâtiment et à son épaisse porte métallique.

Erwan déverrouilla le premier battant qui rappelait beaucoup l'entrée d'un cachot puis la porte métallique qui émit un grincement lugubre lorsqu'il l'ouvrit.

Il faisait très noir à l'intérieur du bâtiment. Cécile se sentit tout de suite oppressée et regretta quelque peu d'avoir accepté de visiter le bunker.

Erwan avait sorti une petite lampe torche de la veste de son caban et son faisceau éclaira l'intérieur du blockhaus.

D'un pas décidé, il s'avança en baissant la tête.

-Faites attention, le plafond est très bas dans ce couloir.

Ils avancèrent un peu voutés dans un étroit goulot qui sentait terriblement l'humidité. Il y faisait d'ailleurs horriblement froid et Cécile remonta le col de sa veste coupe-vent. Le couloir menait à une pièce d'une bonne hauteur et dans le coin le plus sombre, une vingtaine de chauve-souris étaient accrochées au plafond. Le sol maculé de fiente témoignait du séjour prolongé des animaux dans le blockhaus.

-Beaucoup de bunker servent aujourd'hui d'hôtel aux chauves-souris. C'est parfait d'ailleurs, car la population de ces animaux régresse et ils sont très protégés !

Erwan semblait très à l'aise au milieu des petits mammifères volants mais Cécile ne put réprimer un frisson. L'odeur de la pièce était un peu moins repoussante que celle du couloir car l'habitacle possédait une large meurtrière, une ouverture donnant sur la mer et par laquelle le vent s'engouffrait. La vue était superbe ! Des voiliers naviguaient au loin dans l'archipel de Bréhat et les rochers roses des îlots soulignaient le camaïeu des bleus.

-Quelle beauté ! Je n'aurais jamais imaginé que l'on ait une telle vue de ce terrible bâtiment. Qu'en pensaient les troupes d'occupation ?

- C'était effectivement pour beaucoup une

fascination et cela les distrayait des longues heures de garde. Car des années durant, ces bunkers n'ont servi qu'à la surveillance et c'est seulement après le débarquement que des combats y ont eu lieu.

Mais je vois que vous avez froid. Retournons au soleil !

9

"L'amour naît d'un regard et un regard, c'est la durée d'un éclair."

George Sand

- Alors, pas trop épuisée ? » Erwan et Cécile revenaient un peu plus tard vers la maison des Le Cornic.

- Non, je ne suis pas aussi mal entraînée à la marche que vous le pensez ! Et puis sincèrement, je commence à comprendre que vous vous passionniez pour le sujet ! Je connais bien trop peu la période de l'occupation et vous m'avez vraiment donné envie d'en savoir plus. Je vais beaucoup apprendre en traduisant votre livre !

Pour seule réponse, Erwan se tourna vers elle avec un grand sourire.

- C'était le but de la promenade. Et je suis super heureux que le résultat escompté soit atteint !! Vous l'avez compris, l'histoire me passionne et je crains de passer souvent pour un raseur…

- Et bien moi, je vous ai trouvé passionnant !

La fraicheur du soir se faisait sentir et Cécile ajouta une buche dans le poêle lorsqu'ils arrivèrent à la longère. Erwan lui montra les plans qu'il avait apportés. Une grande partie du vocabulaire qui lui serait nécessaire pour la traduction y figurait, ce qui rassura la jeune femme quant au travail qui l'attendait. Elle avait maintenant presque hâte de commencer la traduction.

Elle en fit part à Erwan qui lui offrit de nouveau un sourire épanoui en retour.

- Cette phrase vaut bien un petit dîner ! Ajouta-t-il en la fixant de son doux regard. « Acceptez-vous de m'accompagner à ma crêperie préférée ?

La bienveillance de son visage la toucha si profondément qu'elle en ressentit un vertige.

Quelque peu hésitante, et presque un peu timide, elle répondit :

-Volontiers !... Mais peut-être pourrions-nous nous tutoyer ?...

Cécile s'étonna elle-même de sa proposition et en rougit quelque peu… Elle préférait depuis toujours le vouvoiement au tutoiement et entretenait parfois des années durant des rapports étroits avec son entourage sans vouloir passer au « Tu ». Mais Erwan lui semblait si proche qu'elle ressentait le « vous » comme gênant.

Il sembla ravi de la proposition :

- Tu as raison ! En fait, nous sommes maintenant collègues… et embarqués dans le même bateau, ce satané bouquin qui m'obsède depuis des mois !

Ils partirent dans la vieille Méhari d'Erwan, après avoir nourri un Noireau quelque peu déçu de passer la soirée sans compagnie…

10

« On paye quelquefois bien cher sa curiosité. »

Pierre-Jules Stahl

Le dîner avait été parfait. La crêperie était délicieuse et décorée avec beaucoup de goût et Erwan s'était avéré un compagnon très agréable. Il était loin de parler seulement de bunkers et il fit beaucoup rire la jeune femme en lui décrivant avec humour ses premières expériences de plongée en Egypte.

Cela faisait fort longtemps que Cécile n'avait pas passé une soirée si agréable avec un homme.

Elle s'était couchée aussitôt en rentrant. Elle voulait commencer la traduction dès le lendemain matin et avait réglé le réveil de son portable sur sept heures. Elle savait combien il était bénéfique de débuter un travail de traduction dans une humeur positive et le moment était tout à fait propice.

Erwan avait réussi non seulement à disperser ses craintes vis-à-vis de la technicité de la traduction mais aussi à l'intéresser au sujet, à tel point qu'elle se réjouissait maintenant de découvrir le texte.

La pleine lune avait illuminé le ciel cette nuit-là et Noireau n'était pas rentré le soir. Cécile en comprit très vite la raison en se levant le matin lorsqu'elle découvrit sur le paillasson le cadavre d'une petite souris qu'il lui avait apportée en cadeau. Le chasseur était également présent, et la regardait plein d'attente. Elle le remercia et le félicita avant de lui donner à manger et de jeter discrètement son présent.

Après un court petit déjeuner et une bonne douche, elle se lança dans son travail. Noireau s'était découvert une âme d'assistant traducteur et s'était étendu près de son ordinateur sur la table de la chambre où elle avait entre-temps installé son bureau. Il ne bougea pas pendant des heures, bercé sans doute par le rythme régulier des touches du clavier.

Elle aimait beaucoup les extraits de lettres originales qu'Erwan avait inclus dans son livre :

« *Marta chérie,*

Je suis arrivé hier soir sur la côte après plus de douze

heures de route à l'arrière d'un transporteur de troupe bringuebalant. Nous étions tous épuisés mais plutôt soulagés de quitter la zone frontalière où nous avons vécu tant de scènes épouvantables.

Je m'étais endormi à la fin du voyage et lorsque je suis descendu du camion, j'ai découvert le paysage grandiose. Moi qui n'avais jamais vu la mer ! La surprise a été totale. Jamais je n'avais imaginé pareille immensité, cet incroyable horizon qui semble rendre tous les rêves possibles.

Plus tard, je n'ai pas pu m'endormir malgré la fatigue. Je suis resté des heures, allongé sur ma paillasse, à rêver de cette mer qui m'était restée si longtemps inconnue et à toute cette beauté que je n'avais jamais soupçonnée. J'ai même pensé avec un peu de honte que la guerre avait parfois du bon, que sans elle, je ne serais jamais venu ici. Je trouve fascinant que des gens « normaux » puissent vivre dans toute cette beauté !

Après la guerre, je veux absolument vous montrer cette splendeur, à toi et au petit Karl. Je lui expliquerai les marées et nous chercherons ensemble des coquillages sur la grève… J'ai hâte que cette fichue guerre soit terminée et que nous soyons de nouveau réunis.

Je te quitte. Je suis de garde au Bunker ce soir.

Je vais regarder la mer et je penserai à toi.

Ton Johann »

Il était temps de faire une pause. Le soleil brillait et la beauté du paysage qui s'offrit à Cécile lorsqu'elle s'étira devant la fenêtre ouverte lui rappela la lettre qu'elle venait de traduire et la décida à sortir au plus vite.

Elle n'avait aucune envie de cuisiner et se prépara un sandwich auquel elle ajouta une petite bouteille d'eau et une belle grappe de raisin pour un pique-nique improvisé sur la grève.

Comme toujours, Noireau la suivit jusqu'au promontoire mais cette fois-ci, au lieu de faire demi-tour, elle le vit s'éloigner le long de la clôture de la maison Caurel.

Elle continua son chemin vers la grève où elle s'installa contre un rocher pour déguster son petit repas tout en admirant le paysage. C'était une marée de haut coefficient et de nombreux pêcheurs à pieds s'affairaient sur l'estran à la recherche de coquillages et de crustacés. Le soleil d'automne donnait une couleur légèrement rosée aux rochers de l'archipel et conférait à la baie quelque chose de magique.

Elle s'aperçut qu'elle avait oublié de prendre son portable. Elle voulait appeler son amie Sophie. Cécile lui avait téléphoné dès le lendemain de son arrivée et elle lui avait promis de donner régulièrement des nouvelles.

Elle avait fait connaissance de Sophie, une Française originaire de Nice, quelques années auparavant dans le cadre de son travail, et elles s'étaient tout de suite très bien entendues. Cécile appréciait la gentillesse et l'humour de Sophie et leur amitié lui était devenue des plus précieuses. Et puis, c'était tellement agréable de s'entretenir en Français avec elle ! Sophie et son ami Frank avaient parlé de venir passer la fin de l'année avec Cécile en Bretagne et elle espérait que ce projet se concrétiserait.

Elle décida donc de rentrer pour passer son appel du jardin des Le Cornic.

En longeant la maison Caurel, elle vit Noireau sillonnant le terrain de la propriété, sans doute à la recherche d'un nouveau cadeau… C'était donc là qu'il chassait ses souris !

Comment était-il entré dans la propriété ? L'épaisse haie de ronces rendait impossible l'accès à la prairie, même pour un chat, lui semblait-il. Cécile l'appela et il releva aussitôt la tête pour regarder dans sa direction. Il l'avait reconnue et se dirigea en gambadant à travers la bruyère vers le morceau de mur limitant l'un des côtés de la lande.

Il émergea presqu'aussitôt des touffes d'herbes longeant le mur et la rejoignit en miaulant. Il était sorti du terrain sans difficulté apparente, ce qui ne manqua pas d'intriguer Cécile.

Cécile se mit à longer le vieux mur en pierres et ne tarda pas à y découvrir une brèche assez grande. En se baissant elle vit que le trou menait à une sorte de petit tunnel dans les ronces, sans doute formé par le passage régulier d'animaux assez gros.

Poussée par la curiosité, ainsi que par son attirance pour la maison, elle évalua aussitôt la possibilité de se glisser dans le passage. La brèche du mur était suffisamment large pour accueillir sa petite taille mais le tunnel dans les ronces était hérissé d'épines qui rendraient le passage très difficile…

Le plus simple était d'essayer ! Elle avait enfilé sa veste coupe-vent sur son sweat-shirt pour sa promenade et le textile enduit du vêtement se révélerait une bonne protection contre les ronces. Elle releva la capuche de la veste pour protéger ses cheveux et sans hésiter, elle s'engagea en rampant dans le passage.

Elle ressentait une étrange euphorie, fruit sans doute de l'attrait de l'interdit et de l'excitation de la découverte que lui procurait cette exploration.

Ses épaules émergèrent bientôt du côté de la propriété et elle put s'arc-bouter sur ses avant-bras afin de terminer sa progression.

Le passage de la brèche n'avait entraîné que peu de dégâts, une trace de boue sur son jean et un accroc à sa veste rouge, et elle se félicita de son audace.

La petite maison lui faisait maintenant face et lui présentait ses ouvertures vers la mer : troix fenêtres dans le bâtiment principal et une petite dans la crèche. La peinture bleu pâle des volets et de la porte était écaillée mais s'harmonisait parfaitement avec le camaïeu de gris et de beige du granit des pierres.

Une partie des bruyères était encore en fleurs et dispensait au tableau une touche de couleur qui le complétait à la perfection.

Le terrain semblait beaucoup plus grand que ce que l'on apercevait de la rue. La lande descendait en pente douce jusqu'à la mer et s'élargissait vers le bas, où le mur de pierres formait une barrière infranchissable vers la grève. On apercevait aussi dans le bas du terrain une porte en bois qui servait d'accès vers la mer. La porte était suffisamment haute pour interdire l'accès par la grève et semblait, elle, étrangement assez récente.

Vers le milieu de la prairie, un groupe d'arbres

formaient une sorte de petit bosquet qui ajoutait une note charmante à la variété du paysage.

A mi-hauteur, on pouvait clairement reconnaître les parois du blockhaus que lui avait montré Erwan et qui semblait encore en excellent état. Du haut du terrain la vue était magnifique, la mer et les îlots de l'archipel de Bréhat offrant un arrière-plan fantastique à l'étendue verte qu'elle contemplait.

Cécile décida d'aller voir la maison de plus près et remonta à grand pas les quelques vingt mètres qui l'en séparaient.

Noireau l'avait rejointe et l'accompagnait en miaulant de satisfaction.

La porte du bâtiment était pourvue d'une partie vitrée, formée de quatre carreaux dont deux étaient fendus.

La maison était encore meublée et elle colla son nez à la vitre sale de la fenêtre pour en voir l'intérieur. Elle fut ébahie de constater que non seulement on y voyait des meubles mais que tout semblait avoir été laissé dans l'état exact qu'avait la demeure lorsqu'elle était habitée.

Sur l'épaisse table de bois reposait un vieux journal et des lunettes à monture métallique. Sur l'évier, la vaisselle lavée attendait qu'on la range. Des fleurs fanées étaient toujours dans leur vase sur la commode et dans la cheminée, on voyait les restes d'un feu. Tout était recouvert d'une épaisse couche de poussière et des toiles d'araignée dignes des coulisses d'un film d'horreur ornaient les coins de la fenêtre. Cette sorte de mise en scène avait quelque chose de fascinant mais elle ne put retenir un frisson face à ce décor lugubre.

Elle se dirigea alors vers le blockhaus afin de l'inspecter de plus près. Erwan lui avait montré des plans de ce type de bunker et elle avait hâte de voir de près ce qu'il décrivait dans son livre.

L'entrée du bâtiment se trouvait sur le côté et une petite allée en pente y menait. La construction était encore en bon état et elle repensa aux commentaires flatteurs et quelque peu ironiques d'Erwan concernant la solidité du béton germanique… La porte en acier était imposante et semblait fonctionner parfaitement.

Alors qu'elle se demandait si le blockhaus était lui-aussi habité par des chauves-souris, elle entendit un grattement derrière elle et appela Noireau, qu'elle s'attendait à voir apparaître au coin du bâtiment.

Brusquement, elle se retrouva emprisonnée par un bras puissant qui lui entourait les épaules et l'immobilisait totalement. La peur l'envahit aussitôt, se propageant dans son corps, telle une onde de terreur.

Elle sut à ce moment qu'elle avait fait une terrible erreur en entrant dans cette propriété…

11

« Une joie partagée est une double joie, une peine partagée est une demi-peine. »

Jacques Deval

Erwan ne pouvait s'empêcher de crier sa joie ! Son rendez-vous s'était mieux déroulé que tout ce qu'il avait osé rêver ! La maison d'édition lui avait offert un contrat très acceptable pour la version française de son livre et s'était montrée très intéressée par la publication de la traduction allemande, à condition que le manuscrit soit imprimé avant la saison touristique prochaine.

Cela lui laissait peu de temps pour faire la traduction… Ou plus exactement cela laissait peu de temps à Cécile pour la finaliser… Il faudrait qu'il en parle au plus vite avec elle. Cécile semblait vraiment vouloir s'investir dans le projet … mais elle ne s'imaginait certainement pas travailler avec une telle pression !

La meilleure nouvelle du jour consistait certainement dans le chèque d'avance qui lui avait été remis. Il pourrait enfin régler les factures qu'il avait mises en attente !

C'était une grande nouvelle ! Il avait envie le fêter ça et appela son ami Cédric pour l'inviter à dîner avec lui.

- Mon vieux, je suis très content pour toi. Mais pour la petite fête il te faudra attendre. Tu as vu les horaires de marée ?? Demain matin, je suis sur le pont à partir de cinq heures !

Cédric était second sur un chalutier et Erwan oubliait parfois les contraintes de la mer…

- Oui désolé, l'ami, je ne savais pas. Envoie-moi un texto quand tu as le temps et on se fait une virée…

- Ça marche ! Allez, bravo encore, et à plus ! Je te contacte au plus vite.

Et c'est tout naturellement qu'Erwan pris le chemin de la maison de Cécile.

Il devait de toute façon l'informer des impératifs de livraison et espérait qu'elle ne serait pas trop choquée par le délai imposé…

Et en plus, Cécile lui plaisait vraiment bien. Il avait énormément apprécié leur promenade sur la presqu'île et leur dîner à la crêperie. Cécile était une femme fine, gaie et très intelligente et il avait remarqué que, bien qu'elle affirme ne posséder que peu de connaissances sur l'occupation, elle avait de solides bases en histoire. Et puis, il la trouvait très jolie… Il adorait son parfum, qui l'avait brièvement enivré lors de leur visite du blockhaus…

De plus, il n'avait vraiment pas envie de passer la soirée seul. Pourquoi ne pas l'inviter à dîner…

En arrivant à la maison des Le Cornic, Erwan remarqua Noireau couché devant la porte. Le chat vint aussitôt à sa rencontre lorsqu'il descendit de voiture et se frotta contre sa jambe lorsqu'il attendit devant la porte. Il actionna la cloche de cuivre qui servait de sonnette mais aucun bruit ne parvint de l'intérieur de la longère. Il était clair que Cécile était absente.

Il attendit malgré tout quelques minutes en caressant Noireau et décida de laisser un message à Cécile. Il déchira une page du bloc note qui ne le quittait jamais et y inscrivit :

Quelque chose à fêter – stop - invitation crêperie –

stop - attends ton sms – stp – Erwan.

Il glissa le message bien en vue à moitié coincé sous la porte d'entrée et repartit en direction de la maison qu'il louait à quelques kilomètres de là.

Il se réjouissait déjà de venir chercher Cécile un peu plus tard !

12

« Le vice consistait pour moi dans l'habitude du péché ; je ne savais pas qu'il est plus difficile de ne céder qu'une fois, que de ne céder jamais. »

Marguerite Yourcenar

Il l'avait enfermée ! Encore une fois, il n'avait pas pu s'en empêcher… Cela ne finirait donc jamais ?

La veille, il s'était promis qu'il ne le referait plus. Il voulait arrêter, en terminer avec tout ça…

D'ailleurs, cette jeune femme était plutôt sympa, et en plus elle lui plaisait ! Si seulement elle n'était pas venue fouiner dans ses affaires…

Maintenant il ne pouvait plus reculer. Il lui fallait continuer ! Avec tout le plaisir inavouable que cela lui donnerait…

13

« Le silence est le plus cruel support de la panique ; il fait du doute une hantise, de l'obscurité une claustrophobie. »

Yasmina Khadra

Elle ouvrit les yeux et découvrit avec effroi la pièce où elle se trouvait. Elle était dans une sorte de cave, froide et humide et reposait sur un matelas grisâtre, posé à même le sol. Un peu de lumière du jour pointait par une petite ouverture dans le mur de béton, à quelque distance de sa couche.

Elle avait horriblement mal à la tête et incrimina aussitôt le tampon de chloroforme dont elle avait reconnu l'odeur avant de perdre connaissance. Elle se souvenait de son intrusion dans la propriété en bordure de mer et du bras qui l'avait brusquement immobilisée. Quelques secondes plus tard, elle avait perdu connaissance… Sans doute pour longtemps, à en juger par la lumière plutôt matinale qui arrivait par l'ouverture.

Elle grelottait de froid et elle s'assit en s'enroulant dans la couverture rêche qui la couvrait à moitié. Sa gorge était sèche et elle avait terriblement soif. Elle découvrit, dans le coin opposé à sa couche, un plateau sur lequel reposaient une gamelle métallique remplie d'eau et deux grosses tranches de pain. Elle voulut se lever mais retomba aussitôt lourdement sur la terre battue du sol. Ses pieds étaient retenus l'un à l'autre par un lien en corde très serré qui rendait la marche impossible. Elle se dirigea comme elle le put vers le plateau, en rampant plus ou moins. Sa vision était faussée et elle eut brusquement l'impression d'avoir été droguée. Elle s'assit près du plateau sur le sol glacé et but à même la gamelle de métal. L'eau était fraîche et lui fit du bien.

Elle se dirigea, toujours en rampant, vers la sortie de la cave. C'était une lourde porte métallique avec plusieurs loquets et une sorte de levier qui semblait en assurer la fermeture. Il fallait qu'elle sorte d'ici.

Etait-ce une mauvaise blague ? Une sorte de test ? Pourquoi l'enfermer elle ? Elle ne connaissait pratiquement personne dans la région et n'avait pas eu le temps de se faire des ennemis.

Elle se mit debout en se cramponnant à la porte et essaya d'actionner le levier en le tirant de toutes ses forces, tout d'abord vers la gauche puis vers la droite. Rien ne bougea et elle sentit la panique l'envahir alors que les battements de son cœur résonnaient dans tout son corps. Elle essaya de manipuler les différents verrous de la lourde porte sans réussir à en débloquer le mécanisme. La porte restait inexorablement verrouillée.

Découragée, elle se rapprocha alors de la lucarne. C'était une ouverture rectangulaire très étroite et biseautée, qui n'était obstruée par aucune fenêtre, ce qui expliquait le froid terrible qui régnait dans la pièce. Elle reconnut bientôt la construction. C'était la meurtrière d'un bunker. Elle se trouvait dans un blockhaus. Sans doute celui du terrain de la mère Caurel, à côté duquel l'homme l'avait maitrisée! Caurel avait-il quelque chose à voir dans sa séquestration où bien avait-elle dérangé un rôdeur ?

Elle se remit tant bien que mal debout et essaya de voir à l'extérieur. Elle se mit à appeler.

« A l'aide, ouvrez-moi !! Ouvrez-moi ! A l'aide ! »

Sa voix était faible au départ mais la panique qui la gagnait peu à peu lui donna la force de crier. De plus en plus fort. Elle hurla ainsi jusqu'à ce que sa voix devienne si faible et enrouée qu'elle perdit tout espoir d'être entendue.

Seuls le bruit de la mer, le roulement régulier des galets sous l'emprise des vagues, répondaient à ses appels.

Elle était épuisée et se jeta sur le matelas. Elle avait le plus grand mal à garder les paupières ouvertes, ce qui semblait confirmer qu'elle ait été droguée. Elle se roula dans la couverture malodorante et s'endormit de nouveau. Peut-être était-ce un mauvais rêve ou bien une blague de très mauvais goût ! Dormir… Après, tout irait mieux… Ce n'était qu'un cauchemar !

Elle se laissa aller, sombrer dans un sommeil lourd et agité.

14

« L'impatience est aussi un trésor d'énergie, un élan, un moteur qui nous pousse hors de notre zone de confort. »

Stéphanie Hahusseau.

Sophie composa de nouveau le numéro de Cécile. Toujours pas de réponse. La communication passait aussitôt sur le répondeur et seul le message enregistré faisait écho à ses appels répétés.

Elle détestait littéralement ne pas pouvoir joindre ses interlocuteurs et elle était capable de composer le numéro une vingtaine de fois de suite avant d'abandonner. La patience n'était d'ailleurs pas sa qualité première…

Elle était toute excitée et voulait absolument prévenir Cécile de sa venue. Elle avait réussi à persuader sa collègue de l'agence immobilière d'assurer la permanence à sa place afin de pouvoir prendre des congés sur le pont du trois octobre, la fête nationale allemande. Et c'était très bientôt ! Elle voulait partir dès le lendemain après le travail, quitte à rouler une partie de la nuit.

Frank et elle passeraient donc le week-end prolongé en Bretagne et Sophie se réjouissait déjà de revoir son amie, même si elles n'étaient séparées que depuis peu.

Ce serait aussi l'occasion de parler des fêtes de fin d'année, qu'elles projetaient de passer ensemble.

Cécile s'était beaucoup refermée sur elle-même les derniers temps, probablement à cause du départ de Werner et sans doute aussi à cause de son métier. Passer des heures, seule devant un ordinateur à traduire des milliers de mots, quelle horreur ! Au moins, la perspective de ce séjour en Bretagne avait redonné le sourire à son amie, les dernières semaines.

Et puis elle avait bien hâte de découvrir ce « lieu magique » dont Cécile avait parlé au téléphone….

Frank ne s'était pas montré très enthousiaste lorsqu'il avait compris qu'il aurait à parcourir 1100 kilomètres durant le week-end. Mais il adorait Sophie et lui passait tous ses caprices…

Bon, elle devait se résigner à attendre quelques heures pour annoncer la nouvelle ! Elle réessaierait dans la soirée de joindre son amie.

15

« J'ai tenté de crier. Mais il ne sortait pas un son de ma gorge. Mes cordes vocales ne fonctionnaient pas. Tout en moi n'était qu'un cri. Un cri muet que personne ne pouvait entendre. »

Natascha Kampusch

La lourde porte s'ouvrit brusquement. Un flot de lumière envahit la pièce et la sortit de sa torpeur.

Elle avait dû dormir quelques instants, ou quelques heures peut-être… Elle perdait peu à peu toute notion de temps. Elle vit la haute silhouette d'un homme se détacher à contre-jour, menaçante.

Il poussait devant lui une créature chétive et hésitante qui pénétra en boitant dans la cave.

-Plus vite! dit-il en la jetant violemment.

La jeune femme – dont elle put apercevoir un court instant le visage émacié - s'écroula sur le sol et sa tête heurta les jambes de Cécile dans sa chute. La porte se referma aussitôt, replongeant la pièce dans le noir complet.

Elle tendit la main pour toucher le corps qui gisait tout près d'elle.

« Qui êtes-vous ? Je peux faire quelque chose? » Sa voix était étonnamment sourde et aigüe à la fois.

Elle réalisa qu'elle n'avait prononcé aucun mot depuis ses appels désespérés. Combien de temps exactement avait-elle passé dans cette cave froide, humide et mal odorante ? Elle n'en avait plus aucune idée.

Sans répondre à sa question, la fille la repoussa en grognant. Elle avait dû se mettre à quatre pattes et se déplaçait dans la pièce en cherchant à tâtons. Cécile devina qu'elle se dirigeait vers l'eau et le pain déposés dans le coin opposé de la pièce. Elle reconnut le bruit maintenant familier de la gamelle lorsqu'elle la saisit pour boire. Elle l'entendait déglutir tant elle buvait goulûment. Elle était littéralement assoiffée mais s'interrompit après un court moment.

Sans doute la gamelle était-elle vide…

Et puis elle se mit à sangloter, tout d'abord très faiblement puis de plus en plus fort.

Depuis que la porte s'était ouverte, Cécile n'avait pas bougé, tétanisée par la violence de la scène ainsi que par l'immobilité qu'elle avait subie depuis son arrivée dans ce lugubre endroit.

Malheureusement, sa situation ne tenait en rien du cauchemar, comme elle l'avait espéré. Elle ne rêvait pas ! Elle se trouvait vraiment, bien consciente, dans cette horrible pièce, dans le blockhaus. Que faisait-elle ici ? Qui était cet homme qui l'avait enfermée ? Et pourquoi ? Et qui était cette autre prisonnière, apparemment si mal en point et désespérée?

Elle se força à se mettre à genoux et à ramper vers la jeune femme.

Lorsqu'elle fut à sa hauteur, sa main rencontra ses cheveux. C'était de longs cheveux qui avaient dû être fins et doux mais qui se révélaient maintenant rêches et collants au toucher.

« My name is Mary » prononça la jeune femme d'une voix enrouée et à peine audible…

Elle recommença à geindre. Elle avait l'air épuisée.

Cécile posa sa main sur son bras, cherchant par son geste à l'apaiser.

- Ça va ! Je reste près de toi. Il est parti maintenant !

Mary se recroquevilla immédiatement sur le sol inégal et resta prostrée, immobile et silencieuse.

Cécile écoutait les bruits qui parvenaient de l'autre côté de la porte en acier. L'homme quittait le blockhaus ! Elle entendit son pas pesant et le raclement de ses chaussures sur le sol en terre battue puis le grincement d'une autre porte avant qu'un silence total envahisse de nouveau la pièce.

Elle voyait Mary dans la pénombre. Celle-ci semblait scruter l'obscurité et ses yeux brillaient dans le noir.

« Qu'est-ce qu'il t'a fait ? Tu es là depuis longtemps ? »

Et Mary se mit à parler, à raconter de sa voix cassée, avec son fort accent anglais.

16

« Plus l'espérance est grande, plus la déception est violente. »

Franz-Olivier Giesbert

Erwan arriva peu après 19 heures. Il gara sa Méhari devant la longère et en sortit en dansant. Il était si heureux du contrat de la maison d'édition qu'il en devenait presque exubérant, lui qui était d'ordinaire si réservé !

Il n'avait reçu aucune nouvelle de Cécile mais il pouvait le comprendre. Elle avait certainement été absorbée par la traduction durant tout l'après-midi…

Il gravit les quatre marches à l'entrée du terrain des Le Cornic et aperçu aussitôt Noireau devant la porte. Celui-ci semblait ne pas avoir bougé depuis la fin de la matinée et il se dirigea tout de suite vers Erwan dès qu'il l'aperçu.

Le chat se frottait à sa jambe en ronronnant, attendant clairement qu'on lui ouvre la porte de la maison.

En apercevant le message qu'il avait laissé à Cécile et qui était toujours coincé sous la porte, Erwan ne put s'empêcher de froncer les sourcils. Où était-elle ?

Il contourna à demi le bâtiment afin de voir la place de parking longeant la maison en contrebas. Comme il l'avait vue plus tôt dans la journée, la voiture des Le Cornic se trouvait sagement garée sur l'espace qui lui était réservé.

Erwan se rapprocha de l'entrée, scrutant la rue dans l'espoir que Cécile apparaisse et appela le numéro de portable de la jeune femme. La tonalité faisait presque aussitôt place au message d'absence en Allemand.

Il se souvint alors que Cécile lui avait raconté qu'elle avait fait l'acquisition d'un téléphone portable français. Elle lui en avait d'ailleurs donné le numéro. Il se mit à vider ses poches et déposa tout leur contenu pêle-mêle sur le banc en granit situé à gauche de la porte d'entrée. Il réussit enfin à retrouver le ticket de caisse sur lequel il avait gribouillé le numéro et il le composa, plein d'espoir.

La tonalité se fit entendre et l'espoir le gagna de joindre enfin la jeune femme. Aucun répondeur n'avait été programmé et la sonnerie continuait à insister sans que Cécile ne réponde. Il éloigna le portable de son oreille pour interrompre la communication et remarqua à ce moment la sonnerie à l'intérieur de la petite maison de pierre. Le téléphone portable se trouvait à l'intérieur et il n'avait aucune chance de joindre Cécile à ce numéro…

Complètement découragé, il se dirigea vers sa Méhari.

Il n'avait plus aucune envie d'aller dîner ni de faire la fête et il se promit de réessayer plus tard de joindre la jeune femme. Peut-être était-elle sortie pour la journée ? Peut-être avait-elle reçu la visite d'une amie avec qui elle serait partie en excursion… Ou peut-être même la visite d'UN ami… Était-elle en bonne compagnie et avait-elle tout oublié ?

Cette pensée le fit frémir et il s'étonna de ressentir tant d'émoi. Il la connaissait en fait si peu…

Noireau le suivit des yeux alors qu'il retournait à sa voiture, bien déçu qu'on le laisse de nouveau seul…

17

« Des moyens très simples créent la terreur : une porte qui s'ouvre, un jardin sous la lune... On ne voit pas le diable et son œuvre. »

Auguste Villiers de l'Isle-Adam

Brusquement la serrure de la lourde porte se fit entendre et le battant s'ouvrit une nouvelle fois, inondant la pièce d'une lumière crue.

L'homme revenait, tenant à la main une bouteille d'eau, quelques tranches de pain et deux pommes. Dans l'entrée éclairée, Cécile reconnut dans le halo de lumière le visage carré de Caurel !

« Ah, je vois que vous avez déjà fait connaissance ! Tiens l'Anglaise, c'est pour toi ! »

Il déposa le pain et les pommes à même le sol et remplit l'écuelle d'eau.

Marie avait tout juste commencé à raconter son enlèvement, sans malheureusement parvenir à terminer son récit. Depuis combien de temps était-elle là ? Caurel lui avait-il fait du mal, l'avait-il violé ? De nombreuses questions restaient pour Cécile encore sans réponse…

-Et maintenant, la fouineuse, c'est ton tour ! La place est libre ! Tu vas t'amuser…

Il se pencha vers Cécile et, avec des gestes rapides et précis, il enserra d'abord ses poignets dans un serre-câble en matière plastique. Il fit la même chose avec sa cheville gauche puis sa cheville droite qu'il accrocha ensemble par un troisième lien. Il la saisit brutalement par le poignet et la tira vers l'extérieur de la pièce. Ses chevilles étant attachées l'une à l'autre, Cécile ne pouvait faire que de très petits pas et faillit tomber.

Il lui serrait le poignet si fort qu'elle sentait son sang battre dans les veines ainsi comprimées.

-Lâchez-moi ! Vous me faites mal ! Laissez-moi partir ! Vous n'avez pas le droit ! Je sais qui vous êtes et vous ne vous en sortirez pas comme ça ! Pourquoi faites-vous ça ? Laissez-moi tranquille !

-Dans un instant, je vais te laisser tranquille ! Tu vas

voir, tu vas être au calme ! » Ricana-t-il!

Après avoir refermé la porte en acier de leur prison, il l'entraîna dehors. Il faisait nuit noire et il pleuvait légèrement. Après le temps passé dans cet horrible blockhaus, l'air frais sembla délicieux à Cécile et elle l'aspira avec force.

Caurel la traîna dans le noir à travers la prairie en direction de la mer. Elle avançait à petit pas saccadés, ses pieds se prenant dans la végétation et les ronces. Les entraves de plastique entaillaient ses chevilles et chaque pas devenait douloureux.

-A l'aide ! ». Elle essaya de crier mais sa voix resta faible et chevrotante et son appel se perdit dans le bruit du ressac parvenant de la grève en contrebas.

-Mais oui, vas-y ! De toute façon il n'y a personne pour t'entendre, tu sais ! Voilà. On arrive !

Ils avaient traversé les deux tiers de la petite prairie, jusqu'à un groupe d'arbres sombres.

-On y est ! Assieds-toi ici !

Il la fit asseoir sur une palette de bois posée à même le sol du terrain. L'herbe était humide et froide et elle sentit aussitôt l'eau imprégner son jean lorsqu'elle atterrit sur les lattes de la palette.

Elle discerna bientôt dans l'obscurité un grand trou très profond qui jouxtait la palette où elle était assise.

-Allez, maintenant, saute dans la fosse ! Tu vas voir comme tu seras au calme ! »

L'horreur la saisit. Rassemblant toutes ses forces, elle se releva et se jeta en arrière. Mais Caurel la tenait toujours fermement et elle ne réussit qu'à s'éloigner d'un pas de la palette. Il la ramena en lui tordant le bras et la jeta sans ménagement dans le trou béant.

Sa tête heurta brutalement une planche au fond de la fosse et le choc la figea quelques secondes. Elle entendit aussitôt le bruit d'un couvercle qui se rabattait et se retrouva enfermée dans un coffre exigu. Elle perçut alors le son des pelletées de terre tombant sur le bois.

Elle se mit à hurler.

18

« Entre l'aube et le crépuscule, ils virent par quatre fois un énorme dôme d'eau se gonfler soudain sur la surface de la mer et éclater sous la poussée forcenée des gaz, libérant un terrible jaillissement de rocs, de bombes, de scories volcaniques, de sables noirs et d'eau, qui fusait pour aller s'écarteler dans le ciel en une gerbe monstrueuse. »

Haroun Tazieff

Anne le Cornic se leva très tôt ce matin-là. Elle avait du mal à se faire aux bruits de l'île et son sommeil, déjà léger d'ordinaire, était très perturbé.

Cela ne faisait que quelques jours que Yann et elle étaient à la Réunion et tous les deux réalisaient qu'il leur faudrait un peu de temps pour s'accoutumer à la vie, aux bruits et à la chaleur de ce bourg de Saint-

Philippe, où leurs amis Michelle et André possédaient leur pied-à-terre. Anne était littéralement fascinée par la lave, partout présente dans le village où l'on pouvait suivre le cours des coulées des éruptions passées, sombres vestiges de la force du volcan. Elle se réjouissait déjà de la randonnée prévue pour le lendemain, à la rencontre du Piton de la Fournaise.

Elle avait toujours rêvé de voir un volcan de près et les descriptions que Michelle lui faisait des éruptions répétées la faisaient frémir de crainte mais aussi d'une certaine excitation.

Lors de l'éruption de 2007, leurs amis avaient dû évacuer leur propriété, alors menacée par une coulée de lave en fusion. La maison n'avait pas été touchée mais la lave refroidie, aujourd'hui noirâtre et toujours menaçante, avait envahi une partie du terrain et restait bien présente en bordure de la propriété.

Yann ne comprenait pas du tout que l'on puisse rester vivre si près de cette menace constante que constitue le piton de la Fournaise, l'un des volcans les plus actifs du monde. Anne pour sa part, espérait secrètement vivre une éruption, et c'était probablement cette attente, ajoutée à la joie d'être avec son amie d'enfance, qui l'avait décidée à venir passer l'hiver à Saint-Philippe. Yann s'était laissé convaincre à la perspective des nombreuses randonnées qu'il projetait avec André, lui aussi féru de marche à pied.

Mais Anne s'ennuyait malgré tout de sa paisible maison bretonne avec sa belle vue sur la baie, toujours changeante au gré des marées et du temps.

Elle avait déjà essayé de joindre Cécile le soir précédent, mais seule la tonalité de la sonnerie avait répondu à son appel. Elle avait imaginé Noireau, le museau levé vers le téléphone, comme il le faisait souvent lorsqu'il entendait la sonnerie. Elle se promettait de réessayer en fin de journée. Elle voulait savoir si tout se passait bien et surtout comment allait son cher Noireau…

Il lui manquait déjà un peu. Il y avait de nombreux chats dans les rues de Saint-Philippe, pour la plupart sauvages et amaigris, et elle s'était déjà pris d'amitié pour l'un d'eux qu'elle avait nourri la veille. Il était encore très timide et ne se laissait approcher qu'en échange de nourriture mais il avait ronronné dès qu'elle l'avait caressé et cela montrait son besoin d'affection. Yann se moquait toujours un peu de son attirance pour les félins et du souci qu'elle se faisait pour Noireau mais elle ne prêtait pas garde à ses petites railleries.

Ce soir, elle appellerait de nouveau.

19

« *Aimer, c'est un parfum de femme, une créature de rêve, un regard qui vous enflamme.* «

Jean-Claude Brinette

Il avait vraiment très mal dormi. Il lui semblait qu'il n'avait pas dormi du tout mais il savait que c'était faux. Il s'était assoupi de temps à autres mais ce sommeil était pire que tout, peuplé de cauchemars et de visions terribles.

Erwan avait essayé de joindre Cécile jusqu'à 11 heures. Après il avait bu une dernière bière et il s'était couché.

La déception liée à l'impossibilité de joindre Cécile s'était rapidement transformée en une terrible frustration qu'il peinait lui-même à expliquer. Il ne pouvait comprendre qu'elle ne lui ait pas parlé de son départ. Etait-il possible que le petit ami de Cécile soit arrivé à l'improviste pour un week-end d'amour sur la côte ?

Il imaginait la jeune femme sur le siège passager d'une belle décapotable conduite par un type ressemblant beaucoup à George Clooney… Bon, il avait toujours eu une imagination débordante… Mais en fait, il connaissait si peu Cécile. Il ne savait même pas si elle avait un copain…

Cédric se moquait souvent de lui et de ses amours « brefs ».

-Le moins que l'on puisse dire, c'est que pour toi, Amour ne rime pas avec Toujours ! » le raillait-il en faisant allusion à ses brèves aventures.

Effectivement, les femmes qu'il avait connues n'avaient jamais réussi à l'intéresser longtemps et ses aventures s'étaient jusqu'à présent toujours terminées après quelques semaines ou au plus quelques mois.

Lors de sa promenade à Plessand avec Cécile et pendant le dîner qui avait suivi, il avait pour la première fois ressenti une véritable connivence avec la jeune femme. Sa profonde déception de la veille, lorsqu'il n'avait pu la voir, lui confirmait un attachement d'une qualité nouvelle. Il ne se souvenait pas avoir déjà ressenti une telle douceur au fond du cœur… Était-ce ce que l'on appelle le « coup de foudre » ?

Aujourd'hui, Cécile sera certainement là ! Il se réjouissait déjà de son sourire. Elle avait une façon très particulière d'incliner légèrement la tête en souriant qui la rendait irrésistible. Il aimait aussi son allure sportive et féminine à la fois, sa démarche un peu nonchalante qui mettait si bien en valeur les courbes de son corps. Et puis son parfum…

Il se dirigea vers la douche et décida d'appeler Cédric aussitôt après. La marée était basse, il serait à la maison.

20

« Seul le corps peut aller en prison, l'esprit ne peut être prisonnier, on ne peut pas attraper le vent. »

Sahar Khalifa

Anéantie par la terreur, Cécile s'était évanouie. Lorsqu'elle reprit connaissance, elle fut de nouveau saisie d'une crise de panique. Elle était étendue dans le noir total et son corps n'était que douleurs.

En proie à sa claustrophobie, le souffle court, elle suivit le pourtour de sa prison avec l'extrémité de ses doigts tendus. Il s'agissait sans doute d'une longue caisse en bois brut d'environ deux mètres de long. En largeur, elle faisait à peu près soixante centimètres et au-dessus de sa tête elle disposait de peut-être trente centimètres. Son cœur battait si fort qu'elle ressentait son pouls partout dans son corps, dans son thorax mais aussi dans ses bras, son ventre, son cou, sa tête, ses oreilles, comme si le cœur avait voulu s'échapper, échapper à cette atrocité.

Muée par la terreur, elle rassembla toute son énergie et s'arc-bouta de toutes ses forces contre le couvercle de la caisse. Ses membres raidis par le froid réussirent seulement à ébranler la plaque de bois. Un peu de terre s'introduisit sur le côté. Elle en reconnu l'odeur et eu ainsi la confirmation de l'atrocité de sa situation.

Elle était enfermée ! Sous terre ! Enterrée vivante !

C'était un peu comme dans ce cauchemar atroce qu'elle faisait lorsqu'elle était adolescente : Elle rêvait souvent qu'elle était emmurée. Dans son sommeil, elle essayait de repousser la cloison qui l'emprisonnait et elle se réveillait chaque fois assise dans son lit, les mains collées au mur, en sueur et le cœur battant à rompre.

Mais aujourd'hui ce n'était pas un rêve et elle ne se réveillerait pas ! L'odeur de terre humide et le froid qui lui parvenaient de l'extérieur de la caisse attestaient de l'horrible véracité de son enfermement.

Pourquoi Caurel faisait-il ça ? Pour la tuer ? La sortirait-il de cette horrible prison? Mary avait-elle été enfermée elle aussi dans cette atroce tombe ?

La peur et l'angoisse la terrassait et son souffle se fit de plus en plus court.

Ne pas désespérer ! Ne pas paniquer ! Occuper son esprit ! Elle se souvint de cette technique qu'elle avait employée déjà dans plusieurs circonstances. Se remémorer un texte, un poème par exemple… Ne pas céder à la folie, se concentrer sur des mots ! Elle commença à déclamer doucement :

« Demain, dès l'aube, à l'heure où blanchit la campagne,

Je partirai. Vois-tu, je sais que tu m'attends.

J'irai par la forêt, j'irai par la montagne.

Je ne puis demeurer loin de toi plus longtemps. »

Elle avait toujours adoré ce poème de Victor Hugo, dédié à sa fille morte.

« Je marcherai les yeux fixés sur mes pensées,

Sans rien voir au dehors, sans entendre aucun bruit,

Seul, inconnu, le dos courbé, les mains croisées,

Triste, et le jour pour moi sera comme la nuit. »

Sa voix se cassa mais elle se força à continuer:

« Je ne regarderai ni l'or du soir qui tombe,

Ni les voiles au loin descendant vers Harfleur,

Continuer, ne pas s'arrêter…

Et quand j'arriverai, je mettrai sur ta tombe

Un bouquet de houx vert et de bruyère en fleur. »

Et maintenant ? Sur quoi se concentrer ? Un autre poème ? Elle sentit des larmes se frayer un chemin sur ses tempes.

Elle se força à articuler péniblement :

« Voici venir les temps où vibrant sur sa tige

Chaque fleur s'évapore ainsi qu'un encensoir ;

Les sons et les parfums tournent dans l'air du soir

Valse mélancolique et langoureux vertige ! »

Elle aimait tant ce poème de Baudelaire… « Harmonie du soir »… Le titre aujourd'hui lui semblait si ironique !

D'une voix à peine audible, elle continua :

« Chaque fleur s'évapore ainsi qu'un encensoir ;

le violon frémit comme un cœur qu'on afflige

Valse mélancolique et langoureux vertige !

Le ciel est triste et beau comme un grand reposoir. »

Sa voix se cassa de nouveau. Incapable de se contrôler plus longtemps, elle se mit à sangloter.

Elle n'était plus qu'un animal terrorisé sous l'emprise de la panique.

21

« Ni dans la réalité, ni dans les situations extrêmes il n'y a de noir ou de blanc, juste de très subtiles gradations qui font la nuance. »

Natascha Kampusch

Il entra dans son bureau. Il avait été retenu à Rennes par un rendez-vous professionnel et tremblait maintenant presque d'impatience de l'entendre. Et de la voir…

Il jeta sa veste et sa serviette sur le fauteuil et mit aussitôt l'ordinateur en marche.

Il s'était demandé toute la matinée comment elle réagissait. Il l'avait bien sûr écoutée hier soir après l'avoir enfermée. Mais cette phase n'était que peu différente d'un individu à l'autre. Ils hurlaient tous ! C'était excitant bien sûr mais ce n'était que le début …

Lorsqu'enfin l'appareil fut en marche il brancha le haut-parleur au maximum.

Il la voyait aussi. Il avait installé il y a quelques semaines une caméra infrarouge très sensible et capable de prises de vues parfaitement nettes dans l'obscurité de la fosse.

Elle bougeait maintenant à peine mais elle appelait toujours.

A intervalles réguliers. Désespérément. Sa voix était devenue rauque.

C'était très excitant. Son cœur se mit à battre plus rapidement et son souffle devint plus court.

Elle se lançait parfois dans de longs monologues qu'il ne comprenait pas complètement... Peut-être divaguait-elle déjà ?

Il faudrait qu'il contrôle le taux d'oxygène. Il ne voulait pas la perdre si tôt...

Elle poussa brusquement un long cri rauque de désespoir en essayant de repousser les murs de sa prison.

Il sentit l'excitation envahir son corps et l'érection venir. Il s'installa plus confortablement dans son fauteuil...

22

« J'avais l'insouciance de ceux qui croient leur bonheur durable. «

Marcel Proust

Mary commençait à reprendre un peu ses esprits et se força à s'asseoir en s'appuyant contre le mur. Le béton était glacial et elle s'enveloppa dans la couverture.

Que faisait Céline maintenant ? Sa présence lui avait fait tant de bien ! Cela faisait des heures qu'il l'avait emmenée. Elle craignait de savoir où il l'avait enfermée…

Elle avait commencé à raconter à Céline comment Caurel l'avait prise en stop en août sur la route qui menait à la côte. Elle avait décidé de découvrir la France à pied et revenait du sud-ouest de la France.

Il lui était maintenant difficile de s'imaginer son insouciance d'alors… Elle avait été si imprudente ! Elle avait un ticket de retour vers l'Angleterre sur un passage de ferry au départ de Roscoff le 30 Août. D'ici là elle voulait visiter la Bretagne. Le choix de cette partie de la région avait été déterminé par un plan qu'elle venait d'élaborer pour sauver son amour.

Son copain de longue date, Terry, avait demandé sa main quelques semaines avant son départ pour la France.

Elle se souvenait si bien comment Terry lui avait lancé, un dimanche matin, alors qu'ils reposaient tous les deux enlacés, après l'amour :

- Mary, veux-tu m'épouser ?

Elle avait été si surprise de sa demande qu'elle avait répondu en riant : « Certainement pas ! Plutôt mourir ! » Elle considérait le mariage comme quelque chose de très démodé et sa réponse portait plus sur la forme que sur le fond. Elle aimait tendrement Terry et souhaitait de tout cœur vivre avec lui.

Terry avait été terriblement blessé. Restant insensible aux excuses et apaisements de Mary, il s'était rapidement habillé et était parti sans un mot, les yeux brillants de désespoir.

Mary s'en était beaucoup voulu de sa réaction maladroite mais les messages qu'elle lui avait envoyées aussitôt par SMS étaient restées sans réaction. Elle était donc partie seule sur les routes françaises pour ce périple qu'ils avaient planifié ensemble et qu'ils auraient dû entreprendre à deux. Elle avait beaucoup pensé à ses rapports avec Terry durant son voyage, et elle regrettait amèrement sa réaction d'alors.

Un soir où elle dînait dans une pizzéria, les deux hommes et la jeune femme de la table voisine l'avaient invitée à prendre place à leur table. Ils venaient d'Angleterre et appartenaient à l'équipe de Google Street View qui filmait à ce moment la côte bretonne. Ils lui avaient raconté de nombreuses anecdotes sur tout ce qui se passait durant une mission et ils avaient beaucoup ri. Mary avait été étonnée d'apprendre combien de gens utilisaient cette plate-forme pour faire passer une information et il lui était venu une idée qu'elle trouvait géniale : envoyer un message à Terry par le biais de Street View. Elle se placerait en bord de route au moment où le véhicule filmait et tiendrait une pancarte sur laquelle elle écrirait « Terry, marry me ! », épouse moi, Terry !

Il ne lui resterait alors qu'à envoyer par mail le lien à

Terry qui ne manquerait pas de lui pardonner – espérait-elle !

Ses nouveaux amis avaient trouvé son idée excellente et lui avaient laissé des informations concernant le circuit du véhicule Google.

C'est ainsi qu'elle avait rencontré Caurel en faisant du stop le lendemain pour rejoindre la côte. Bien qu'il parlât assez peu, il s'était montré aimable durant le trajet. Il lui avait raconté qu'il allait à Pléssand et qu'il était au courant du passage du véhicule Google.

Il lui proposa de passer la nuit à la maison de sa grand-mère, juste en bord de mer et à proximité directe du circuit de filmage.

Tout semblait lui sourire, à ce moment-là, et elle était bien loin de prévoir l'issue de son trajet en stop…

23

« *La peur de se faire prendre est la mère de la créativité.* »

Robert Byrne

Il avait observé le jeune type. Cela faisait au moins trois fois qu'il l'avait vu rôder autour de la maison des Le Cornic. Il la cherchait, c'était clair !

C'était la première fois qu'il enfermait quelqu'un de connu dans le coin ! C'était fou ! Beaucoup trop dangereux ! Les autres n'étaient pas d'ici et personne ne les attendait avant des semaines… Cela n'avait jamais posé de problème.

Tandis que là, ça devenait vraiment dangereux. Il fallait qu'il entreprenne quelque chose. Dommage ! Il aurait aimé continuer un peu…

Il se souvenait de ses premières punitions… Une

jeune marocaine qu'il avait rencontrée sur le Festival un jour de concert… Elle voyageait seule en France et était prête à tout. Il n'avait vraiment pas dut insister beaucoup pour qu'elle le suive.

Et cet ingénieur informatique qui venait de New Delhi et qui souriait sans arrêt… Il avait fini tout de même par ne plus sourire ! Son accent était vraiment comique…

Mais sa toute première punition, ça avait été elle, sa grand-mère…

Enfin, il avait pu prendre sa revanche !

24

"Le trop de confiance attire le danger."

Pierre Corneille

Mary se sentait si faible qu'elle avait beaucoup de mal à réfléchir. Ses pensées étaient disparates et sans fil conducteur. Le froid, la terreur et la malnutrition avaient peu à peu raison de son corps et de son esprit. Et puis il y avait cette blessure à la jambe qui l'élançait de plus en plus …

Elle se souvint du moment où elle s'était blessée.

Caurel l'avait tout d'abord enfermée dans une remise de la maison de sa grand-mère.

Dès qu'elle était entrée dans la petite maison, elle avait été étonnée par le décor. Tout était recouvert de poussière et semblait être resté figé durant des décennies. Il avait aussitôt fermé la porte à clé et l'avait saisie par le bras pour la pousser dans le cagibi. Elle n'avait pas compris tout de suite ce qui se passait. « Arrêtez la blague Monsieur Caurel ! » avait-elle dit en riant avec son accent anglais.

Mais elle avait bientôt arrêté de rire lorsqu'elle avait compris qu'elle était belle et bien enfermée. A ses appels, Caurel avait répondu que personne ne pouvait l'entendre et qu'il reviendrait à la nuit.

Elle avait compris qu'il quittait les lieux en entendant ses pas s'éloigner et la porte d'entrée se refermer. Une terrible panique l'avait saisie. La petite pièce où elle se trouvait devait faire environ deux mètres sur deux et avait apparemment servi de remise. On y avait entreposé du bois et de vieux journaux qui devaient être destinés à faire du feu dans la cheminée qu'elle avait aperçue dans la pièce principale en rentrant.

A droite de la porte se trouvait aussi un grand seau en métal dans lequel on avait rassemblé les cendres et les restes de bois calcinés après le nettoyage de la cheminée.

Ici aussi tout était recouvert de poussière.

La petite pièce ne disposait que d'une étroite fenêtre carrée d'environ vingt centimètres de côté et percée dans l'épais mur de pierre à environ un mètre quatre-vingt de hauteur. Elle était trop petite pour voir au dehors et avait décidé d'entasser quelques larges buches sur lesquelles elle pourrait monter pour regarder à l'extérieur et appeler à l'aide.

Cette tâche lui avait demandé beaucoup de temps. Elle avait tenté quelques essais infructueux qui s'étaient soldés par une chute assez douloureuse au cours de laquelle elle s'était blessé la jambe au niveau du tibia. Elle saignait abondamment mais en dépit de la douleur, elle avait continué à travailler à son échafaudage et était enfin arrivée à caler les bûches afin de stabiliser l'ouvrage pour se hisser à la hauteur de la petite lucarne. Celle-ci donnait directement sur la rue. C'était la jolie route qui menait à la grève et qu'elle avait tant admirée quelques heures plus tôt en compagnie de Caurel.

Elle ne voyait personne et était restée longtemps à observer le chemin dans l'espoir que quelqu'un vienne la secourir. Quelques voitures étaient passées sans remarquer les signes désespérés qu'elle faisait pour attirer leur attention.

Enfin un pêcheur était arrivé à vélo de la grève. Il pédalait avec peine en montant la côte et était descendu de sa bicyclette à quelques mètres de la maison. Il était passé en poussant son engin, chargé de sa besace et de sa canne et Mary avait crié autant qu'elle avait pu en tapant sur l'épaisse vitre de la lucarne. Mais il ne l'avait pas entendue et avait passé son chemin sans la remarquer.

Totalement épuisée et découragée, elle s'était assise par terre près de son échafaudage improvisé. La voiture Google devait passer le lendemain. C'était la raison pour laquelle elle avait suivi Caurel dans cette maison !

Elle avait eu alors l'idée de fixer un message à la lucarne pour appeler à l'aide. Peut être l'un des sympathiques membres de l'équipe de filmage remarquerait-il son appel au secours ? Ou bien un promeneur sur le chemin de la grève.

Pour la confection de sa pancarte, elle avait utilisé un papier d'emballage grisâtre découvert dans la pile de journaux et un morceau de bois noirci de suie pour écrire.

Elle avait souligné le mot « HELP » d'un trait rouge, dessiné avec le sang qui coulait de sa blessure à la jambe et elle n'avait put s'empêcher de sourire avec satisfaction de l'effet dramatique que ce détail conférait à son ouvrage.

Pour fixer la feuille, elle avait fabriqué une sorte de petite tringle avec un vieux branchage stocké sur le tas de bois d'allumage dont la taille s'accordait avec la largeur de la fenêtre et qu'elle avait coincé dans l'ouverture.

Lorsque Caurel était revenu à la nuit, le message était en place. A ce moment, elle était pleine d'espoir que quelqu'un vienne rapidement la libérer.

Mais il l'avait emmenée dans le blockhaus…

25

« Je ne suis pas vraiment libre si je prive quelqu'un d'autre de sa liberté. L'opprimé et l'oppresseur sont tous deux dépossédés de leur humanité. »

Nelson Mandela

Il l'avait enfin sortie de cet horrible trou. Alors qu'elle avait sombré dans l'inconscience, exténuée par la terreur, elle avait brusquement été réveillée par le bruit d'une pelle creusant au-dessus d'elle. Cécile avait mis quelques minutes à identifier le bruit, tant son esprit était épuisé par l'épreuve. Le couvercle du coffre de bois s'était alors mis à bouger et s'était bientôt complètement effacé pour laisser apparaitre le visage de Caurel et ses yeux de fou.

Elle aurait voulu se précipiter hors de sa prison mais son corps ne répondait absolument plus. Elle n'était même plus capable de s'asseoir. Ce fut son bourreau qui la souleva du fond du coffre et qui la tira à la surface du trou. Il faisait encore nuit. Ou de nouveau sans doute…

Il la traîna sans un mot en la portant à moitié vers le blockhaus et la jeta de nouveau dans la sombre pièce où elle aperçut Mary sommeillant sur le matelas humide.

Sa gorge lui faisait mal d'avoir tant crié et ses lèvres desséchées étaient comme anesthésiées.

Comme l'avait fait Mary, Cécile chercha à tâtons l'écuelle d'eau. Elle était heureusement pleine et elle put se réhydrater un peu avant de s'effondrer, grelottante, sur le sol de terre battue.

Après l'horreur qu'elle avait vécu les dernière heures, elle se sentait presque en sécurité dans cette pièce, pourtant si repoussante, et sa respiration s'apaisa peu à peu.

Le bruit de la porte que Caurel avait refermée avec grand bruit avait dû réveiller Mary qui prit bientôt conscience du retour de Cécile et qui s'approcha d'elle en rampant.

Dans la pénombre, elle vit son regard triste alors

qu'elle posait sa main sur la sienne. Elle savait probablement d'où Cécile revenait et ce qu'elle venait d'endurer!

26

"La perte d'une mère ou d'un père est le premier chagrin que l'on pleure sans eux."

Proverbe

Depuis qu'elle l'avait recueilli après le décès de ses parents, sa grand-mère n'avait jamais cessé de le détester. Elle l'avait tellement fait souffrir ! A 8 ans, il était alors encore déchiré par le chagrin de la perte de ses parents.

Il se souvenait très bien du moment où on lui avait annoncé la nouvelle.

Cette année-là, il était parti en classe de neige dans les Alpes avec l'école. Il avait passé une journée merveilleuse avec ses camarades. Après une matinée de cours de ski, la neige avait commencé à tomber, tout d'abord très finement, puis en très gros flocons serrés. Tous les enfants étaient sortis pour chahuter dans la neige, émerveillés par cette merveille immaculée qui magnifiait le paysage.

Le soir, la prof de français était venue vers lui alors qu'il participait à une partie de Monopoly après le dîner. Elle lui avait posé la main sur l'épaule et lui avait dit : « Viens avec moi » Il aimait beaucoup cette prof mais elle avait ce soir-là un regard grave qui ne lui était pas coutumier.

Il l'avait accompagnée dans une petite salle annexe, où les deux autres profs accompagnateurs étaient assis devant une boisson chaude.

Il avait tout de suite remarqué leurs visages tendus à eux aussi et avait aussitôt pensé à la blague qu'il avait faite à son copain Jean-Claude en bourrant ses après-ski de neige… C'était un peu bête mais il n'avait fait ça que pour rigoler !

C'est alors que la prof de français lui avait annoncé la nouvelle. Ses parents avaient eu un accident. Ils n'avaient pu éviter un chauffard qui roulait très vite et qui avait percuté leur voiture de plein fouet. Elle avait terminé en le prenant dans ses bras : « Je suis désolée, tes parents sont morts. »

Il connaissait très peu sa grand-mère. C'était une femme « terriblement aigrie » comme disait toujours son père, et, adorant son fils, elle n'avait jamais accepté sa belle-fille, une jolie blonde un peu timide dont elle était jalouse et qu'elle détestait et traitait sans considération.

Ses parents habitaient la région parisienne et tout naturellement la famille avait fini par venir de plus en plus rarement en visite à Plessand. Son père ne pouvait supporter le mauvais accueil que sa mère réservait à son épouse chérie. Et pourtant, il adorait retrouver le village de son enfance et faire découvrir ses endroits préférés à sa famille.

Il se souvenait des formidables promenades en bateau qu'ils avaient faites tous ensemble ! Et les parties de pêche au maquereau !

Lorsqu'il était arrivé chez sa grand-mère après le décès, elle lui avait tout de suite dit : « Tu ressembles à ta mère ! Tu as le même sourire idiot ! Mais je vais bien te le faire passer, tu verras… »

A l'extérieur, la mère Caurel jouait la sauveuse, racontant comment elle s'occupait de son petit-fils, lui préparant ses gâteaux préférés et lui apprenant des chansons de marin.

En fait, elle le terrorisait, et bien qu'il ne se sente pas bien dans sa nouvelle école où il n'avait que peu d'amis, les heures qu'il passait hors de la maison de pierre étaient ses seuls moments de répit.

Hortence Caurel était veuve depuis plus de dix ans. Elle ne mesurait pas plus d'un mètre cinquante et son extrême minceur était en contradiction avec la force et l'énergie qu'elle pouvait déployer. Mais c'était surtout son regard froid et perçant qui marquait tous ceux qui la connaissait. Il savait que les enfants de l'école l'appelaient « la sorcière » et il trouvait que ce surnom lui allait vraiment bien. Peut-être était-elle vraiment une sorcière d'ailleurs…

Il ne se souvenait pas avoir jamais rencontré son grand-père, que son père décrivait comme un homme introverti et toujours triste.

Depuis qu'il habitait avec sa grand-mère, il avait souvent pensé à cet homme et s'était demandé s'il avait, lui aussi, souffert sous le joug de la petite femme.

Il avait un jour trouvé une photo de ce grand-père inconnu et avait été impressionné par la bonté qu'exprimaient les yeux tristes de son aïeul. Il avait gardé la photo et l'avait cachée au fond de son armoire, sous ses sous-vêtements, faisant de ce grand-père son allié secret. Lorsqu'il était trop triste, il prenait la photo et racontait à cet homme à l'aspect si bienveillant, la torture morale que lui faisait endurer sa grand-mère et qu'il n'osait avouer à personne d'autre.

Jamais sa grand-mère n'avait levé la main sur lui.

Elle faisait bien pire : Ayant découvert qu'il souffrait terriblement de la peur du noir et de claustrophobie, elle l'enfermait pour le punir dans le blockhaus.

Les « gâteaux préférés » étaient en fait du pain sec, et il crépissait des heures durant dans le froid et la nuit du bunker.

Des années durant, il avait cherché à comprendre ce qu'il faisait de mal et pourquoi il devait endurer tout cela. Elle était arrivée à le casser, à le détruire par sa méchanceté, son mépris et son pouvoir castrateur.

Avec le temps, il s'était soumis et avait fini par ne plus pleurer et ne plus crier, comme il le faisait au début.

Et cela avait énormément affligé la méchante femme qui prenait grand plaisir à l'entendre…

Alors elle avait eu l'idée d'une autre punition…

Il avait douze ans lorsqu'elle lui avait fait creuser un grand trou dans le bas du terrain.

27

« Le rapprochement avec le ravisseur n'est pas une maladie... C'est une stratégie de survie dans une situation sans issue. »

Natascha Kampusch

Mary allait très mal. Son front était brûlant et elle commençait à divaguer.

Cécile avait découvert sur le tibia de Mary une blessure très infectée qui devait être à l'origine de la fièvre mais elle n'avait malheureusement rien pour la soigner.

Mary grelottait et ses yeux brillaient dans l'obscurité.

-J'ai soif, très soif ! » Dit-elle faiblement. C'était la première phrase en Français qu'elle prononçait depuis longtemps… Durant les dernières heures, elle avait somnolé en parlant par bribes décousues dans sa langue maternelle.

Cécile lui apporta la gamelle d'eau qui était déjà presque vide. Elle but avidement le reste de son contenu.

- Cécile je suis désolée, c'est vide maintenant !

- Ce n'est pas grave, Mary, je n'ai pas soif !

Mary s'effondra sur le matelas humide et froid et elle referma les yeux aussitôt. Cécile s'adossa de nouveau au mur de béton pour réfléchir.

Il fallait qu'elle trouve une solution pour les sortir de cette prison. Elle avait maintenant compris que Caurel ne reculerait devant aucune horreur. Son but était sans aucun doute de les tuer doucement… et cruellement.

Elle comprenait difficilement comment un homme pouvant apparemment être charmant et avenant pouvait se transformer en un rustre meurtrier. Schizophrénie, bipolarité, Dr. Jekyll and Mr. Hyde… Peut-être y avait-il là une faille à exploiter… Serait-il possible de lui parler, d'argumenter ? C'était une homme intelligent, cultivé… Cécile se mit à imaginer des dialogues avec Caurel, essayant de prévoir ses répliques, s'efforçant de trouver des arguments pour leur libération.

Si seulement Mary avait été en forme ! A elles deux, elles auraient peut-être pu le maîtriser…

Alors qu'elle en était là de ses pensées, elle perçut un léger frottement parvenant de l'extérieur par la meurtrière du bunker.

Elle se tourna vers la lueur pâle de la lune filtrant par l'ouverture et reconnut la petite tête triangulaire de Noireau qui scrutait l'intérieur de la pièce.

« Noireau ! » Se hissant au niveau de la meurtrière, elle l'attrapa par les pattes de devant et le tira à l'intérieur de la lugubre pièce. «Comme tu es doux et chaud, mon Noireau » Elle le serra contre sa poitrine et la chaleur qu'il dispensait lui parut délicieuse.

Noireau l'avait trouvée ! C'était depuis des jours le seul signe de l'extérieur qui lui parvenait. Ses yeux s'embuèrent d'émotion et d'espoir. Si Noireau l'avait trouvée, d'autres le pouvaient aussi. Elle pensa à Erwan qui avait certainement essayé de la joindre. Il était pratiquement la seule personne qu'elle connaissait dans les environs… La chercherait-il ?

Son cœur battait à tout rompre d'excitation et de reconnaissance pour le petit chat qui se mit aussitôt à ronronner. Elle s'allongea à côté de Mary et mit Noireau entre elles deux.

« Regardes, Mary, c'est Noireau, mon petit chat. Il nous a trouvé !! Il va te réchauffer ! »

Mary entrouvrit péniblement les yeux mais elle ne sembla pas comprendre ce qu'elle lui disait. Elle était brulante de fièvre. Il était vraiment urgent de la soigner !

A ce moment précis, elle entendit le grincement de la lourde porte métallique et les pas lourds de leur bourreau qui s'approchait.

Elle saisit rapidement le petit chat et se précipitât aussi vite que lui permettait ses entraves vers la meurtrière et le fit passer vers l'extérieur par l'ouverture. Noireau entendit lui aussi les bruits qui parvenaient de l'entrée du bunker et il s'éloigna rapidement dans la nuit.

28

« La fin de l'espoir est le commencement de la mort. »

Charles de Gaulle

Caurel entra dans la pièce et la forte lumière du néon éclairant le couloir adjacent inonda leur prison.

« Debout, toutes les deux, nous partons en promenade ! »

Il devait rentrer la tête dans les épaules afin de ne pas se cogner contre le chambranle métallique de la lourde porte.

Mary releva la tête mais n'arriva à ouvrir les yeux qu'avec peine.

-Mary est malade, elle ne peut pas marcher. Elle a certainement beaucoup de fièvre. Il faut appeler un médecin. La soigner !» Lança Cécile.

Ayant décidé de parlementer avec Caurel, elle continua :

-Vous êtes un homme intelligent et reconnu. Pourquoi vous comportez vous de la sorte ? Pourquoi nous maltraitez-vous ainsi ? Nous n'avons rien fait !

Loin de calmer son interlocuteur, les paroles de Cécile semblèrent aiguiser sa hargne. Il la fixa quelques secondes durant de ses yeux clairs et son regard glacial la paralysa, achevant de faire taire chez Cécile tout espoir de négociation.

Enfin il se mit à parler :

-Tu vas l'aider à marcher ! On y va maintenant.

Caurel coupa le lien entravant les pieds de Mary mais il laissa celui de Cécile. Alors qu'elle protestait, il la bouscula et la poussa vers Mary : « Aide-la à se lever et tais-toi ! »

Elle s'exécuta, pleine d'angoisse à l'idée de ce que Caurel pouvait leur réserver. Il affichait maintenant un curieux demi-sourire qui rendait son visage somme toute assez beau, totalement menaçant.

Cécile dut littéralement soulever Mary dans ses bras afin de la mettre debout. Elle était terriblement légère et elle comprit combien elle était amaigrie. La jeune Anglaise reprit un peu conscience et, bien qu'en titubant, elle réussit à avancer, en s'accrochant avec son bras droit aux épaules de Cécile qui enserrait sa taille de son bras gauche pour la soutenir durant la marche.

Afin de faire contrepoids, Cécile appuyait sa main droite sur sa hanche et finit par la glisser dans la poche de sa veste coupe-vent.

Elles sortirent du bunker d'un pas mal assuré.

C'était le soir et la nuit était fraîche. La lune projetait des ombres lugubres sur le sol. Les doigts de Cécile rencontrèrent dans sa poche un morceau de carton qu'elle chercha à identifier tout en avançant. L'entrave de ses pieds lui rendait la marche difficile et Mary et elle avançaient à tous petits pas.

Caurel était derrière elles et elles l'entendirent verrouiller la porte du bunker.

Sur ses ordres, elles descendirent la prairie en direction de la mer. L'herbe était humide et le froid les gagna rapidement. Mary grelottait tant que son corps était véritablement secoué de tremblements convulsifs. Son pull de laine grise était totalement trempé de sueur et Cécile regretta de ne pas lui avoir mis la couverture sur les épaules.

Cécile tenait toujours le carton dans sa main à

l'intérieur de sa poche et le sortit rapidement pour l'examiner. Dans la demi-pénombre elle reconnut la carte de la crêperie où Erwan et elle avaient dîné quelques jours auparavant. Cela semblait tellement loin maintenant ! Elle était si heureuse à ce moment-là. Tout semblait lui sourire. Et maintenant... Des larmes de désespoir envahirent brusquement ses yeux. Elle laissa tomber la carte dans l'herbe et remit sa main sur sa hanche afin de mieux soutenir Mary qui avançait de plus en plus difficilement.

Arrivés à mi-chemin à la hauteur des arbres et de l'horrible trou où Caurel les avait enterrées, elle crut comprendre le plan qu'il avait élaboré pour se débarrasser d'elles deux. Elle sentit ses jambes chanceler de terreur.

Elle devait trouver une solution pour les sauver.

Mais que faire avec ces entraves aux pieds ? Même en abandonnant Mary, elle ne pouvait s'échapper sans que Caurel ne la rattrape aussitôt !

Alors qu'elle s'efforçait de trouver un plan de fuite, Caurel se rapprocha brusquement et lui appuya un tampon ouaté sur le nez et la bouche.

Avant de perdre elle-même connaissance, elle sentit Mary s'effondrer, son bras ne la soutenant plus, et elle entendit Caurel qui leur disait :

« Adieu mes jolies ! »

Lorsqu'elle reprit connaissance, Cécile était de nouveau allongée dans l'horrible caisse au fond du trou et elle en reconnut aussitôt l'horrible odeur d'urine, de terre et de terreur.

Elle suffoquait car Mary était allongée sur elle. Ses longs cheveux obstruaient à demi sa bouche et son nez et son poids oppressait sa poitrine.

A deux dans cet endroit, elles pouvaient à peine bouger et Cécile savait que l'air ne tarderait pas à leur manquer. Sans doute Mary était-elle inconsciente car elle ne faisait plus aucun mouvement. Peut-être était-elle déjà morte… ?

Affaiblie et désespérée, Cécile tomba elle aussi dans une demi-inconscience. Elle se sentit brusquement totalement détachée de son corps et se voyait allongée dans la caisse, sous le corps inconscient de Mary, à l'intérieur de la terre.

C'était un peu comme si son âme avait déjà quitté son enveloppe terrestre.

Elle était incapable de crier ou de pleurer et n'espérait plus qu'une seule chose : s'éteindre rapidement…

29

« Je suis issu d'une race qu'ont illustrée une imagination vigoureuse et des passions ardentes. «

Edgar Allan Poe

« Mais tu n'es pas sûr du tout que cette fille soit avec son petit ami, voyons ! Tu recommences encore à te faire tout un cinéma ! Tu as vraiment une imagination !... » Cédric et Erwan étaient assis à la table de la cuisine dans l'appartement de Cédric et buvaient un café. Le soleil matinal éclairait la pièce de sa pâle lumière automnale. Cédric habitait une dépendance de la ferme de ses parents, un joli petit bâtiment en pierre qu'il avait rénové avec l'aide de son père et de ses amis.

« Où peut-elle être alors ? La voiture est devant la porte. Elle ne s'est même pas occupée du petit chat.

C'est moi qui l'ai nourri hier soir. Il était complètement affamé ! »

Tout en parlant, Erwan jouait avec les miettes de pain jonchant la toile cirée, les balayant de la main vers la droite puis vers la gauche.

Cédric s'étira en se renversant sur le dossier de sa chaise, faisant ressortir par là-même les rondeurs de son ventre : « Peut-être qu'elle est allée se promener sur la grève et elle a été surprise par la marée ! Elle est peut-être réfugiée sur un rocher ! Ce ne serait pas la première touriste à se faire prendre, ils n'y connaissent rien, les parisiens ! »

Le visage rond de Cédric dénotait toute l'incompréhension qu'il ressentait face aux difficultés de la plupart des visiteurs à assimiler la complexité des marées et à anticiper les dangers entrainés par le marnage. Lui avait vécu depuis son plus jeune âge au rythme de la mer et sans jamais avoir recours à un tableau des coefficients, il connaissait et ressentait même les hauteurs des marées.

Erwan tourna la tête brusquement pour observer son ami. « Je n'ai pas pensé à ça effectivement ! Elle connaît la région et elle n'est pas idiote… Mais d'un autre côté, tu as raison, il lui est peut-être arrivé quelque chose ! Si cela se trouve, elle est coincée sur un îlot. Il faut que j'y retourne.»

Il se leva aussitôt, abandonnant le reste de son café et les miettes de pain, il gagna en quelques enjambées la porte d'entrée.

Les rayons du soleil se faisaient plus entreprenants et les champs brillaient sous leur lumière à l'horizon.

Quelque peu étonné du grand intérêt qu'Erwan semblait porter à cette Céline et de l'énergie qu'il déployait pour elle, Cédric bondit sur ses pieds pour suivre son ami : « Attends-moi ! Je prends ma veste et je t'accompagne».

30

« *Quand un homme a peur, la colère n'est pas loin.* «

Alain

L'écran de l'ordinateur était allumé et montrait l'intérieur de la fosse. Les deux filles étaient maintenant l'une sur l'autre, serrées dans l'étroit caisson. Il s'imagina leurs peaux moites se touchant et cette vision fit passer une onde de désir dans son corps.

L'anglaise divaguait dans sa langue maternelle. L'autre restait complètement immobile. Le taux d'oxygène baissait à grande vitesse et il savait que leur supplice ne durerait plus très longtemps. La fin du jeu était proche…

Il avait vu tôt ce matin une voiture allemande arriver et une jeune femme en descendre avec son copain.

Sans doute une amie de Cécile… Elle aussi l'avait cherchée partout, avait appelé tout autour de la maison des Le Cornic. Il les avait observés par la petite fenêtre de sa chambre dont on pouvait voir la longère.

Ils étaient repartis, maintenant, mais il était clair qu'ils n'abandonneraient pas. Peut-être avaient-ils même prévenu la police…

Il fallait se débarrasser rapidement des filles. Sans doute la fosse aurait-elle rapidement raison de leur dernier souffle.

Il l'espérait ! Car sinon, il lui faudrait trouver une autre solution …

31

« *En persévérant on arrive à tout.* »

Théocrite

Sophie et Frank avaient fini par prendre une chambre dans un hôtel proche. Sophie était assise sur le lit, adossée à la tête de lit fleurie et fixait en silence l'écran de sa tablette qu'elle avait posée en équilibre sur ses genoux relevés.

- Je ne comprends absolument pas ! Je n'arrive toujours pas à la joindre et elle n'est pas à la maison. Ça n'est pas du tout le style de Cécile de disparaitre comme ça.

Il a du se passer quelque chose de grave. Sa mère ne savait même pas qu'elle était en Bretagne et n'a pas eu de nouvelles des semaines…

Si au moins je pouvais retrouver le nom de l'auteur

du bouquin qu'elle traduit ! Elle devait le rencontrer l'autre jour. Peut-être est-elle avec lui ? Il semblait bien lui plaire d'ailleurs… Je t'ai parlé de lui. Tu te souviens? Il faut que je le retrouve !

Plus Sophie s'énervait, plus Frank était calme et imperturbable. Cette particularité mettait toujours Sophie hors d'elle mais elle savait bien que ce scepticisme était essentiel à l'équilibre de leur couple.

Frank était épuisé. Il avait conduit presque toute la nuit et n'avait dormi que deux heures sur le parking d'une station-service. Il ne répondit pas et continua à lire le dépliant touristique qui était posé sur le petit bureau de la chambre.

Sophie semblait en pleine forme et son énergie le fit sourire. Elle entra une nouvelle recherche sur Google : « Blockhaus côte bretonne »

Toute une liste de résultats apparut en réponse à sa demande et elle commença à la lire.

Arrivée à la seconde page des résultats, elle poussa un cri de victoire en lançant vers le haut un de ses pieds nus.

-Voilà ! C'est lui ! Écoute ca :

Hier soir - c'était au mois de Mars l'année dernière

– Monsieur Erwan Connan, jeune et brillant historien de la région, a tenu, dans le cadre d'une exposition sur le Mur de l'Atlantique organisée par la médiathèque, une conférence sur la construction et le devenir des blockhaus en Côtes d'Armor.

« C'est lui, certainement. Il y a une photo et il ressemble à ce que Cécile m'a décrit. Il n'est pas mal du tout, vraiment !... Et puis il n'y a certainement pas beaucoup de jeunes types se passionnant pour le sujet ! »

Sophie était déjà debout et cherchait ses chaussures qui avaient glissé sous le lit.

En nouant les lacets de ses tennis, elle lança à Franck.

« Et maintenant, nous allons retrouver cet Erwan. En route ! »

32

« Il est très difficile, quand on vit dans la familiarité bourrue de la mer, de ne point regarder le vent comme quelqu'un et les rochers comme des personnages. »

Victor Hugo

Erwan gara la Méhari devant la maison des Le Cornic et en descendit en courant.

-Eh bien, cette vieille caisse peut encore rouler vite ! Beaucoup trop vite d'ailleurs…. » Un peu secoué, Cédric sortait péniblement sa carcasse du véhicule. Durant le trajet, il s'était agrippé à la sangle en matière plastique qui servait de poignée de porte. Erwan avait conduit comme un fou, faisant rugir les 29 petits chevaux réels de la vieille voiture.

-Où est Cécile, Noireau ? Erwan s'était assis sur les dalles du sol et semblait véritablement attendre une réponse cohérente du petit chat qui se frottait contre son jean, fort heureux que quelqu'un s'intéresse enfin de nouveau à lui.

Il sortit son portable de sa poche et composa le numéro de Cécile. On entendait le téléphone sonner à l'intérieur de la petite maison. Aucun changement…

-Maintenant son portable… Et encore une fois le répondeur. Rien n'a changé ! Tout est encore comme hier ! et comme avant-hier ! Et la voiture est garée de la même façon, exactement à la même place ! Et regarde, la boîte à lettre est pleine de prospectus qu'elle n'a pas retirés ! Mais où est-elle ? Elle s'est volatilisée !

Cédric se tenait toujours près de la voiture et observait la scène d'une mine soucieuse.

- Viens ! Allons vers la grève, nous trouverons peut-être des indices. » Dit Erwan qui s'était relevé et descendait déjà les marches vers la route.

Ils partirent vers la grève et Noireau leur emboîta le pas, en gambadant entre les touffes de genêts qui bordaient la route. Il faisait frais ce matin-là et une bruine légère humidifiait l'air ambiant. Un épais brouillard s'étalait sur la mer et les ilots de l'archipel disparaissaient dans des nappes cotonneuses.

Cédric, avec sa silhouette râblée et ses jambes un peu courtes avait quelques difficultés à suivre son ami dont les longues jambes semblaient le porter toujours plus vite vers l'avant.

Alors qu'ils passaient devant la « Villa Blanche » du maire, la femme de ménage de Caurel garait sa voiture sur l'une des places de parking de la maison. Erwan connaissait Gaëlle depuis toujours car elle était une amie d'enfance de sa mère.

-Bonjour Erwan, bonjour Cédric! Déjà à la chasse aux blockhaus si tôt le matin? » Gaëlle descendait de voiture, en tenant à la main un panier chargé de légumes frais. Vive et souriante, la petite femme portait ses cheveux bruns très courts et semblait déborder d'une énergie bienveillante.

-Bonjour Gaëlle ! Non, aujourd'hui pas de bunker… Tu travailles tous les jours chez M. Caurel ?

-Tous les matins sauf le dimanche, oui. C'est moi qui fait le ménage, la cuisine, les courses, le lavage… Il y a beaucoup à faire… et pas de femme au foyer…!

- As-tu vu Cécile Delange dernièrement ? C'est la traductrice qui habite à côté chez les Le Cornec.

- Oui, je vois très bien qui tu veux dire. Je l'ai rencontrée une fois à son arrivée mais je ne l'ai pas revue depuis. Tu la cherches ? Elle est bien sympathique !

Gaëlle se souvenait parfaitement de la jeune-femme qui l'avait saluée si cordialement quelques jours plus tôt.

-Effectivement, elle est très agréable ! Bien, nous continuons ! Bonne journée Gaëlle ! Bon courage !

-Merci ! Dis bonjour à ta mère de ma part ! » Gaëlle avait sorti la clé de la poche de son manteau et entrait déjà dans la maison du maire.

Ils dépassèrent la longère « de la mère Caurel », comme tout le monde l'appelait dans le village. Comme d'habitude, tout y était calme et la grosse chaîne fermée par un cadenas trônait sur la barrière. Ils arrivèrent à la grève. Le rivage était désert et une brume épaisse s'était levée sur la mer. Erwan réalisa qu'il s'était plus ou moins imaginé trouver Cécile se promenant au bord de l'eau.

Le littoral était encore sans vie à cette heure du jour et les bruits semblaient comme étouffés par le brouillard. On devinait au loin le bruit d'un bateau à moteur sans pouvoir l'apercevoir.

-Tout a l'air normal ici mais je ne sais pas ce que tu attendais… Ta Cécile ne camperait certainement pas sur la grève !

- Oui je sais, c'est idiot. Je ne sais pas où la chercher en fait.

Mais je sais qu'elle aime venir se promener ici.

Ils parcoururent la distance les séparant de la rive. La mer montait et le ressac faisait rouler les galets au rythme de chaque vague.

-Viens, on repart. On va essayer de faire une petite enquête… Demander au facteur, aux voisins, à la boulangère ! » Lança Cédric. Il avait rarement vu Erwan si abattu et il aurait tout fait pour le mettre de bonne humeur !

-C'est une bonne idée. On y va !

Ils remontèrent le chemin vers le village et se retrouvèrent rapidement au niveau de la longère de la mère Caurel. Noireau les attendaient assis sur le petit promontoire non-loin de la vieille maison.

-Regarde, la barrière est ouverte ! Cédric montrait la vieille porte qu'ils avaient vue quelque temps auparavant. Le cadenas était déverrouillé et la chaîne pendait maintenant à la poignée de la barrière.

- Caurel est peut-être en train de faire visiter la maison à Cécile. Elle rêve de l'acheter… Elle a sans doute réussi à le convaincre de vendre… Viens, on va voir !

Rasséréné par sa nouvelle idée, Erwan se dirigea sans hésiter vers l'entrée du terrain et poussa la barrière. Noireau lui emboîta aussitôt le pas, suivi de Cédric, plus hésitant.

-Je ne suis pas sûr que nous puissions rentrer comme ça dans la propriété. Tu sais que Caurel n'est pas commode….

-La porte est ouverte et nous voulons seulement poser une question, rien de plus ! Il n'y a rien d'interdit à ça !

Erwan se dirigea vers la porte de la vieille longère. Il l'avait déjà vue lorsqu'il avait tenté de visiter les blockhaus deux ans auparavant. Il se souvenait de l'état d'abandon qui régnait à l'intérieur de la maison.

Rien n'avait changé ! Tout était resté à l'identique, et, en voyant les épaisses toiles d'araignée qui s'accrochaient aux fenêtres, il pensa aussitôt aux coulisses de film d'horreur qu'il avait visitées dans un studio cinématographique lorsqu'il était enfant. Il tourna la poignée de la porte d'entrée mais elle était verrouillée…

-Personne en vue ! Apparemment pas de visite immobilière ce matin ! » Ironisa Cédric avec un sourire.

Noireau s'était éloigné vers le bas du terrain et les regardait en miaulant à mi-distance du bunker.

- On dirait qu'il nous appelle. Viens, on le suit !

Ils parcoururent la petite prairie en direction du blockhaus. L'herbe était haute et humide et on distinguait clairement le passage de quelqu'un peu de temps auparavant. La végétation y était foulée et des semelles y avaient par endroit soulevé de petites mottes de terre. Ils suivirent ce sillon jusqu'au blockhaus.

Erwan appuya avec insistance sur le levier de fermeture de la lourde porte d'acier mais rien ne bougea. Elle était verrouillée elle aussi.

-Il est en super état ce blockhaus ! C'est comme neuf. Caurel entretient bien son bunker, c'est le moindre que l'on puisse dire ! » S'exclama Erwan avec admiration.

-Peut-être y entrepose-t-il des tableaux de maître… Regarde ! Le chat explore la meurtrière. On peut regarder ce qu'il y a à l'intérieur !

Sur un côté, le blockhaus était presque enterré sur toute sa hauteur et une meurtrière affleurait à une trentaine de centimètres du sol. Cédric se mit à quatre pattes et repoussa doucement le petit chat pour se pencher à son tour sur l'ouverture.

- C'est sombre là-dedans ! Mais ce n'est pas plein de tableaux. Je ne vois qu'une couverture par terre et une écuelle en métal. Sans doute pour un chien… Caurel a un chien ?

- Je ne crois pas… IL Y A QUELQU'UN ??? OUHOU CÉCILE !!!» Erwan s'était mis à crier et appelait à la ronde en marchant autour du blockhaus.

Un peu en contrebas, il aperçut un morceau de carton accroché aux hautes herbes. Il y fut en quelques enjambées et le ramassa. C'était la carte d'un restaurant. Et plus exactement c'était la carte de la crêperie où il avait dîné avec Cécile ! Il se souvenait parfaitement qu'elle avait pris une carte sur le comptoir avant de quitter le restaurant.

Cécile était venue ici ! C'était certain !

Il voulait appeler Cédric pour lui faire part de sa découverte lorsqu'il aperçut un peu plus loin une palette de bois et un tas de terre.

Il s'y précipita et Cédric l'y rejoignit aussitôt. Au pied du tas de terre s'ouvrait une large fosse d'une profondeur de deux mètres environ. Au fond de la fosse se trouvait une sorte de caisson en bois dont le couvercle était rabattu.

Les quatre puissants taquets qui permettaient de le verrouiller n'étaient pas enclenchés.

Abasourdis par leur découverte, les deux amis ne pouvaient prononcer aucun mot. En silence, Erwan descendit dans la fosse au niveau de la caisse, en utilisant une petite échelle métallique trouvée à proximité de la palette. L'angoisse nouait sa gorge. Arrivé au caisson, il saisit le couvercle et le rabattit d'un mouvement brusque.

La caisse était vide !

33

« Il faut travailler avec acharnement, d'un coup et sans que rien vous distraie. »

André Gide

Il n'avait pas été vraiment difficile d'obtenir le numéro de cet Erwan. Une petite visite à l'office de tourisme avait aussitôt résolu le problème. Erwan offrait des visites guidées sur le thème du Mur de l'Atlantique dans la région et la jeune employée du syndicat d'initiative avait son numéro de portable à portée de la main.

Assise sur un banc de la place du marché, Sophie composa le numéro qui lui avait été donné.

L'annonce du répondeur de déclencha après que les cinq sonneries aient retenties et Sophie s'apprêtait à laisser un message lorsque l'annonce fut interrompue.

-ALLO , CECILE ??? » Une voix angoissée répondit brusquement.

Erwan avait interrompu le répondeur pour prendre la communication et il avait presque crié en prenant l'appel. Cédric et lui étaient toujours dans la prairie, épouvantés par leur découverte.

- Non je ne suis pas Cécile, je suis Sophie, son amie ! Vous êtes Erwan ?

- Oui ! Excusez-moi ! J'ai vu le numéro allemand et je n'ai pas pensé plus loin ! J'ai cru que c'était Cécile…

Elle est avec vous peut-être ??? » La voix d'Erwan traduisait si clairement la panique et l'angoisse que Sophie en fut terrifiée et son cœur se mit à battre de façon incontrôlée.

- Non, elle n'est pas avec moi, malheureusement ! Je suis à Paimpol et je la cherche. C'est pour cela que je vous appelle d'ailleurs… Mon ami et moi sommes venus d'Allemagne pour lui rendre visite et je n'arrive pas à la joindre depuis quelques jours maintenant.

-Je cherche Cécile aussi. Je suis très inquiet. Il faut que je vous montre quelque chose … Vous pouvez venir ?? Je suis à Plessand.

34

« Si nous survivons à cet enfer, pourrons-nous un seul jour l'oublier ?

Aurons-nous le droit de revivre comme des gens normaux ?

Peut-on gommer la part de mémoire qui trouble l'esprit ? »

Marc Lévy

C'était probablement le froid qui la réveilla.

Lorsqu'elle reprit connaissance, Cécile était allongée sur le plancher humide d'un bateau, les pieds toujours entravés et les poignets maintenant ligotés au moyen d'un serre-câbles en matière plastique. Mary était près d'elle et sa pâleur l'effraya.

Sa première pensée fut de s'étonner et de se réjouir

d'être toujours en vie.

Lors de ses derniers moments de conscience dans le caisson enterré, elle était absolument certaine de vivre ses ultimes instants. Elle avait vu défiler sa vie comme un diaporama de scènes décousues. Elle avait longtemps pensé à sa mère qui s'était remariée et qui voyageait maintenant par le monde avec son riche Américain de mari. Elle promettait depuis des mois de rendre visite à Cécile mais ne semblait pas trouver le temps de voir sa fille. Cécile avait essayé de se souvenir où elle se trouvait à présent. Était-ce ce voyage en Nouvelle-Zélande ou la croisière en Arctique? Saurait-elle jamais ce qu'il lui était arrivé ? Elle avait aussi pensé à Erwan, se disant que si la vie lui avait donné une chance, elle aurait aimé mieux le connaître…

A ce moment, elle n'avait plus aucune révolte et espérait seulement, dans une sorte de douce résignation, que la mort arrive rapidement. Elle avait vite sombré dans une inconscience protectrice qui lui avait peut-être évité la folie.

Elle se sentait maintenant comme ressuscitée et ce sentiment lui procurait une force et une détermination qu'elle n'avait plus éprouvée depuis son enlèvement. Elle n'était plus sous terre ! Elle était en vie ! Elle sentait le souffle du vent sur sa peau et humait l'air iodé. Même dans cette situation de prisonnière, pieds et poings liés, elle ressentit un profond bonheur et une reconnaissance infinie d'être là. Rien n'était perdu ! Elle trouverait un moyen de s'en sortir !

Elle n'avait absolument aucun souvenir de la façon dont Mary et elle étaient arrivées sur ce bateau.

Caurel les avait certainement portées à bord après les avoir déterrées. Pourquoi ce changement brusque de plan ? Et pourquoi cette promenade en mer ?

Mary et elles étaient allongées à l'avant d'un bateau semi-rigide lancé à bonne vitesse et elles tournaient le dos au poste de pilotage et au conducteur. La mer était agitée, des crêtes d'écume se dessinaient sur un horizon embrumé et les boudins noirs du bateau bondissaient rageusement de vague en vague. Une bourrasque glacée les enveloppa et Mary, sans doute consciente de la présence proche de Cécile, se blottit contre elle pour s'en protéger. Elle ouvrit les yeux avec difficulté et promena un regard désorienté et apeuré autour d'elle.

-Je suis là, Mary. Nous sommes en vie. Nous allons nous en sortir ! » Au moment où elle prononça ces mots, elle réalisa leur absurdité face à leur situation de prisonnières. Elle ne pouvait pourtant se défaire de cet espoir fou qui la submergeait depuis qu'elle avait repris connaissance.

S'appuyant sur ses mains liées, elle se retourna afin de voir qui pilotait le bateau. Elle reconnut sans surprise la haute silhouette de Caurel, qui tenait le gouvernail et affichait un air rageur, le regard rivé sur la mer. Il portait une vareuse bleu marine qui lui donnait un air étrangement bon enfant et qui détonnait avec la dureté de son visage taillé à la serpe.

Ils approchaient de l'archipel de Bréhat et lorsque le bateau vira sur bâbord, elle comprit qu'il se dirigeait vers un îlot que l'on devinait à l'est de l'île. La mer était plus calme à cet endroit. Caurel réduisit la vitesse et le bateau s'approcha d'une sorte de digue taillée à même la pierre, dans le beau granit rose des rochers.

35

« Notre vie est un livre qui s'écrit tout seul. Nous sommes des personnages de roman qui ne comprennent pas toujours bien ce que veut l'auteur. »

Julien Green

Sophie et Frank avaient rejoint Erwan et Cédric dans la prairie de la longère et tous les quatre se tenaient maintenant silencieux autour de la sinistre fosse. Que s'était-il passé ici ? Se pouvait-il que Cécile ait été dans cet endroit ? Et où était-elle maintenant ?

Anéanti, Erwan s'était assis dans l'herbe. Sophie fixait le trou et la caisse avec un air épouvanté et ses yeux s'emplirent de larmes. Elle ne pouvait que s'imaginer un atroce scénario auquel elle ne voulait pas vraiment croire.

Le brouillard matinal se dégageait peu à peu et le ciel se teintait lentement en un bleu très pâle. Le vent s'était levé.

- Normalement il y a un bateau au mouillage en contrebas du terrain. Il n'est plus là. » C'était Cédric qui avait pris la parole. Il scrutait la mer depuis quelques minutes déjà, essayant d'échapper aux hypothèses dramatiques qui envahissaient son esprit.

- Tu as raison. Normalement il y a un bateau ici. » Erwan s'était aussitôt relevé.

- C'est celui de Caurel. Je le vois souvent en mer quand il va relever ses casiers.

- Crois-tu que Caurel ait quelque chose à voir avec la disparition de Cécile ?

- Qui est Caurel ? ». Sophie s'était approchée des deux hommes. Son visage avait perdu toute couleur.

- Caurel est le maire de la commune. Ce terrain lui appartient. » Répondit Cédric.

- Eh bien, allons le voir. Il va devoir nous expliquer ce qui ce passe ici ! » Dit Sophie d'une voix mate.

Frank s'était joint à eux. « Tout cela est inquiétant. Il faut appeler la police ! » dit-il avec un fort accent d'Outre-Rhin.

- Frank a raison. Nous devons aller à la gendarmerie. » Renchérit Cédric.

- Nous irons, mais plus tard. Je suis d'accord avec Sophie : Allons voir le maire. Sa maison est juste à côté ! » Erwan remontait déjà le terrain en direction de la sortie et les autres le suivirent.

36

"La fuite n'est qu'un détour. Si le détour est parfois salutaire, il est le plus souvent inutile."

Denis Bélanger

Caurel avait accosté au quai de la petite île. Après avoir amarré le bateau, il s'approcha des deux jeunes femmes et emporta Mary dans ses bras pour la laisser allongée sur le granit humide. Il revint rapidement vers Cécile qu'il souleva et porta avec une facilité déconcertante avant de la déposer à coté de Mary. Cécile remarqua avec désespoir la force que Caurel pouvait déployer et comprit qu'il serait bien difficile de le combattre.

Il s'accroupit auprès de Cécile et coupa le lien qui entravait ses chevilles d'un geste rapide avec son couteau de poche.

-Lève-toi ! Je vais te guider. » Ayant sans doute pris

conscience que Mary n'était plus en état de marcher, il l'avait soulevée dans ses bras.

- Avance sur le chemin » Un sentier partait de l'embarcadère. Il avait été stabilisé par endroits avec une sorte de béton mélangé à des coquillages et des galets. L'îlot semblait inhabité mais avait manifestement été aménagé.

Le chemin longeait la côte et les mena après une centaine de mètres à une petite baie rocheuse.

- Continue sur le sentier ! ». Caurel la suivait de près et elle entendait son souffle rauque derrière elle.

Le chemin sinuait entre les rochers, alternant les marches et les endroits plats et menait à une curieuse construction rectangulaire au centre de la baie. Les cloisons avaient dû être construites en pierre ou en béton mais elles étaient maintenant complètement recouvertes de lichen et de coquillages, de sorte que le bâtiment était au premier abord à peine discernable des rochers de l'île.

La construction faisait vaguement penser à un blockhaus et Cécile fut aussitôt remplie d'appréhension en la voyant. Le sentier y menait directement et quatre marches permettaient d'accéder à sa partie supérieure.

Caurel lui ordonna de monter les marches.

Lorsqu'elle fut sur le toit de la curieuse construction, elle en reconnut l'usage. Elle avait entendu parler de ces viviers que les pêcheurs de crustacés utilisaient dans le passé pour stocker leur pêche avant la vente. Deux larges ouvertures carrées permettaient l'accès à l'intérieur du vivier et celles-ci étaient fermées par une trappe en lattes de bois verrouillée par un cadenas.

Cécile sentit la panique l'envahir à l'idée que Caurel puisse les enfermer une nouvelle fois. Elle ne pourrait le supporter, il fallait qu'elle s'échappe.

Caurel déposa Mary, qui ne montrait plus aucune réaction, sur la surface du vivier, sortit un trousseau de clés de la poche de sa vareuse et se pencha pour ouvrir le cadenas.

C'est le moment que choisit Cécile pour agir. Elle se précipita au bas des quatre marches et courut aussi vite que lui permettait le terrain glissant et irrégulier en direction du bateau. Il lui fallait fuir, fuir ce fou furieux !

Caurel la toisa d'un regard froid mais calme, un peu comme s'il s'était attendu à ce qu'elle s'échappe. Sans précipitation, il ouvrit la trappe et descendit Mary, toujours inconsciente, à l'intérieur du vivier.

Cécile se retournait sans arrêt pour le surveiller et

elle le vit ressortir du trou et refermer le cadenas. Elle pensa à la pauvre Mary qui était à l'intérieur, malade, mourante peut-être, et se sentit terriblement mal à cette pensée.

Il fallait qu'elle atteigne le bateau rapidement pour s'enfuir et chercher du secours. Si elle faisait vite, elle pourrait sauver Mary. Caurel avait arrêté le moteur mais elle ne l'avait pas vu retirer la clé du starter. Avec un peu de chance, elle y était toujours accrochée. Elle avait déjà conduit un Zodiac quelques années auparavant lors de vacances passées avec Werner en Sardaigne. Elle arriverait bien à se débrouiller avec celui-là !

Entre-temps elle était parvenue au tournant qui lui masquait la baie où se trouvait le vivier et elle apercevait déjà le bateau à l'encrage sur le quai. Le chemin était plus praticable à cet endroit et elle put courir plus vite. Arrivée à la hauteur du bateau, elle se précipita à l'intérieur.

La clé n'était pas sur le démarreur et elle commença à la chercher dans le vide-poche du poste de pilotage tout en surveillant le sentier. Caurel n'était toujours pas en vue !

Ses recherches étaient rendue difficiles par le serre-câbles qui entravait toujours ses poignets mais elle sentit enfin sous ses doigts le petit flotteur en liège qui servait de porte-clés. Alors qu'elle se retournait pour voir si son poursuivant arrivait, la haute silhouette tant redoutée apparut brusquement derrière elle et Caurel l'immobilisa de ses bras puissants, tournant vers elle un visage satisfait et souriant.

Elle ne put réprimer un cri de désespoir en se sentant de nouveau prisonnière.

37

« Il faut également se méfier des gens qui comprennent tout et de ceux qui ne comprennent rien. «

Charles Régismanset

Erwan, Cédric, Sophie et Frank montèrent les quelques marches qui conduisaient à l'imposant perron d'entrée de la grande maison blanche. Erwan enfonça le bouton de la sonnette et un carillon enjoué retentit. Ce fut Gaëlle qui leur ouvrit.

- Re-bonjour Erwan ! Que puis-je faire pour toi ? » Elle découvrit un peu étonnée les trois accompagnateurs d'Erwan et les salua d'un geste de la tête.

- Nous aimerions voir Monsieur Caurel. Il est là ? Il est en mer peut-être ? Erwan était livide et le ton froid de sa question surprit Gaëlle qui répondit sans détour :

- Non, il est à la maison ! Il travaille dans son bureau. C'est urgent ?

- Oui, très. Il faut absolument qu'on lui parle! » La mine défaite d'Erwan convainquit probablement Gaëlle de l'importance de l'entrevue, puisqu'elle s'effaça aussitôt pour les laisser entrer. L'entrée était vaste et claire. Une porte s'ouvrait sur un petit salon garni d'élégants fauteuils en cuir gris et Gaëlle les invita à y prendre place.

Personne n'ouvrit la bouche pendant les quelques minutes d'attente. Très vite ils entendirent Caurel descendre l'escalier et quelques secondes plus tard, le maire apparut à la porte du petit salon.

-Bonjour Madame, Messieurs ! Que puis-je faire pour vous ? » Caurel affichait un large sourire sympathique et pénétra dans la pièce. Il était vêtu d'un jean et d'une chemise à carreaux dans les tons de bleu et ses pieds nus étaient chaussés de sandales Birkenstock. Apparemment il ne projetait pas de sortir ce matin…

- Monsieur Caurel, nous nous sommes déjà brièvement rencontrés, je suis Erwan Connan et je fais actuellement des recherches sur le Mur de l'Atlantique… Mais ce n'est pas le sujet de ma visite

! Nous recherchons Cécile Delange, la jeune femme qui loge actuellement chez les Le Cornic. Elle a disparu depuis trois jours maintenant et nos recherches nous ont conduits à votre terrain, en contrebas de votre longère.

-Vous voulez dire dans le terrain de ma grand-mère ? » Le visage de Caurel était devenu grave et toute trace de bonne humeur avait disparu… Erwan fut un peu surpris que Caurel ne réagisse pas au fait qu'ils soient entrés dans la propriété sans son accord.

- Oui, ce terrain qui mène à la mer… Nous y avons trouvé une fosse ouverte !... et la trace de Cécile.

- Que voulez-vous dire par « Fosse ouverte » ? Caurel fixait Erwan de ses yeux bleus très clairs et on le vit déglutir nerveusement.

- En fait, une sorte de tombe… et à l'intérieur se trouvait un caisson ressemblant à un cercueil. Il était ouvert et avait apparemment abrité un corps… mais il était vide ! Monsieur Caurel qu'est-ce que toute cette mise en scène ? Connaissez-vous Cécile Delange ?

Caurel s'assit sur l'un des petits fauteuils gris qui meublaient le salon. Il était devenu pâle et sa belle prestance s'était effacée en quelques secondes.

- Quand avez-vous découvert ça ? Ce matin ? » Il

n'avait pas répondu à la question d'Erwan mais celui-ci reprit sans s'en offusquer.

-Nous venons de le découvrir…

Caurel se leva brusquement, sortit du petit salon et s'engagea sans un mot dans l'escalier qui s'élevait dans l'entrée de la villa.

Erwan, Cédric, Sophie et Frank se regardèrent, complètement interloqués par la réaction de Caurel.

Il s'écoula plusieurs minutes durant lesquelles des bruits de pas leur parvinrent des étages supérieurs. Caurel réapparu rapidement dans l'encadrement de la porte. Son visage était défait et son regard fixe ne semblait pas les voir. Il avait enfilé une vareuse et chaussé des tennis.

-Venez avec moi ! » Sans attendre plus, le maire se détourna et ouvrit la porte d'entrée. Les quatre visiteurs se levèrent aussitôt et lui emboîtèrent le pas, s'efforçant de suivre ses grandes enjambées.

Erwan accéléra le rythme afin d'arriver à la hauteur de Caurel.

-Pouvez-vous m'expliquer ce qui ce passe, Monsieur Caurel ?

-Pas tout de suite, pas encore. Nous n'avons pas le

temps !

Le maire courait presque maintenant en direction de la grève, suivi de près par Erwan et Cédric. Au niveau de la maison de sa grand-mère, Caurel entra par le portail resté ouvert et se précipita vers le bas du terrain, là où la fosse se trouvait.

Il y jeta un court regard sans marquer aucune surprise et continua en courant vers la clôture qui séparait la prairie de la grève et ouvrit le portillon en bois qui y menait.

Le vent s'était levé. Il dispersait peu à peu les derniers restes de brouillard sur la mer et ourlait l'eau de vagues serrées.

Caurel se tenait debout à quelques mètres du rivage, tourné vers le large et contemplait le mouillage vide.

Il se retourna alors que Sophie et Frank arrivaient tout juste sur la grève, un peu essoufflés par cette course folle.

-L'un d'entre vous a-t-il un bateau ?

38

« Si maintenant n'est pas le moment d'agir, quand viendra ce moment ? »

Hillel

Alors qu'elle s'efforçait toujours de trouver les clés du bateau, il l'avait immobilisée et l'avait emportée dans ses bras sur un autre chemin, la maintenant fermement, les jambes repliées en position de foetus contre son thorax. Sans doute inaccessible à marée haute, ce sentier passait entre les rochers et bien qu'il soit bien plus difficile d'y progresser, il menait beaucoup plus rapidement au vivier. C'était certainement le chemin que Caurel avait emprunté pour revenir si vite au bateau et la surprendre.

Le visage de Cécile reposait sur le bras gauche de Caurel. Elle savait à ce moment qu'il allait l'enfermer dans le vivier et cette simple pensée la terrorisait.

Poussée par son désespoir, sa haine et sa volonté de s'échapper, elle tourna la tête brusquement et mordit son ravisseur dans l'avant-bras jusqu'à ce qu'elle sente ses dents pénétrer la chair et le sang humidifier ses lèvres.

Caurel hurla de douleur sans pourtant la lâcher aussitôt. Ils arrivèrent à un rocher plat où il l'a déposa sur la roche rugueuse tout en maintenant ses poignets d'une main. Son bras était en sang et il regarda Cécile avec une telle haine que lorsqu'il détacha son foulard, Cécile comprit aussitôt qu'il allait l'étrangler.

-Vous êtes fou ! Complètement fou ! Mais mes amis me trouveront et vous paierez pour ce que vous nous faites à Mary et moi !

Il ne répondit que d'un regard glacial et, semblant hésiter quelques secondes, il détourna le foulard de la gorge de Cécile pour la bâillonner avec. Il serra si fort que Cécile en eu le souffle coupé. Il la chargea de nouveau dans ses bras et continua sa progression vers le vivier.

Quelques minutes plus tard, il la jeta sans ménagement par la trappe ouverte du vivier. Elle tomba à l'intérieur, réussissant à amortir quelque peu sa chute en roulant sur le côté.

Elle se retrouva dans un fond d'eau froide sur un sol inégal formé de gravas, de vase et de petites roches en partie envahies par des algues qui les rendaient terriblement glissantes.

Caurel rabattit la trappe de bois et referma le cadenas et elle entendit ses pas sur le toit du vivier lorsqu'il s'éloigna.

Cécile se retrouva allongée dans sur le sol mouillé et froid, soulagée du départ de son tortionnaire mais paniquée à l'idée d'être de nouveau enfermée.

Elle s'assit contre la paroi du vivier. Son coude, sans doute blessé lors de sa chute, saignait abondamment. Les liens de ses poignets lui faisaient mal car Caurel avait tiré dessus pour la tenir et ils avaient entaillé la chair à la pliure de sa main.

Les lattes de la trappe laissaient entrer un peu de lumière et lorsque ses yeux se furent habitués à la demi-obscurité, elle discerna le corps de Mary qui gisait dans le coin à gauche de la trappe. Elle semblait inconsciente et les trainées de vase gris-verdâtre qui salissaient son visage accentuaient encore sa pâleur.

Cécile s'approcha de Mary et effleura sa joue de ses doigts. Elle entrouvrit les yeux et releva un peu la tête. Voyant le bâillon sur la bouche de Cécile, elle essaya de prononcer quelques mots mais, trop faible pour continuer, elle y renonça et laissa retomber sa tête contre la paroi humide du vivier.

Cécile observa leur nouvelle prison. Le bâtiment rectangulaire était construit face à la mer et à marée haute, des vannes aménagées dans la paroi permettaient à l'eau de rentrer. Dans la partie la plus basse de la construction de l'eau stagnait et Cécile aperçu avec effroi dans la pénombre, des dizaines de gros homards qui se disputaient l'espace.

Le bâillon était très serré et la faisait souffrir aux commissures des lèvres. En faisant des grimaces, elle força sur le nœud du foulard pour essayer de le détendre et fit l'essai de crier à l'aide. Seul un son sourd et inintelligible sortait de sa bouche.

39

« Les gens n'auront pas de temps pour vous si vous êtes toujours en colère ou en train de vous plaindre. »

Stephen Hawking

Le bateau de Cédric se frayait un chemin entre les autres embarcations. De cette partie du port de Lézardrieux, il était possible de sortir à marée basse mais sa vedette ayant un tirant d'eau de plus d'un mètre, il fallait néanmoins être vigilant. Il avait acheté ce bateau deux ans auparavant à un couple de retraités et y avait investi toutes ses économies. Il avait toujours rêvé d'une telle vedette, rapide et confortable et même si sa famille avait tenté de le dissuader d'un tel achat, il était tombé sous le charme de l'embarcation et n'avait eu de cesse que lorsqu'il en avait eu les clés en main.

Antoine Caurel avait pris place à l'avant du bateau et affichait un visage triste et fermé. Durant le trajet dans la voiture de Frank, il était resté de marbre. A leur arrivée au port de Lézardrieux, il avait lancé, sans les regarder :

-J'ai un frère jumeau, Raymond. C'est le bateau de Raymond qui ancre habituellement au mouillage, en contrebas de la vieille maison de notre grand-mère.

J'aime beaucoup mon frère. Mais nous sommes très différents…»

Sans en dire plus il avait pris place sur la vedette de Cédric. Erwan avait espéré plus d'explications, mais le visage fermé de Caurel lui avait fait comprendre que celui-ci n'en dirait pas plus pour l'instant.

- Je crois savoir où est Raymond. Allons-y. Je vais vous guider !

40

"La haine est la conséquence de la peur."

Cyril Connolly

Il revenait vers la côte. Le vent avait encore forci et les vagues étaient vraiment très fortes maintenant.

Cela lui était égal. Il aimait la mer quand elle était dangereuse. Il s'y sentait bien et ressentait rarement de la peur. Le vent et la houle l'apaisaient même un peu.

Son regard s'arrêta sur son avant-bras. Le mouchoir qu'il avait noué était en sang…

Lorsque la fille l'avait mordu, il avait cru qu'il allait la tuer !

Mais il ne pouvait pas.

Il était incapable de véritable violence. Il aimait la

souffrance… Ah, ça oui ! Elle lui procurait un indicible plaisir… A lui, qui avait lui-même tant souffert !

Mais il n'était pas capable de faire mal directement.

Sa grand-mère, par exemple, était sans doute morte d'un infarctus. C'était la terreur qu'elle avait ressentie dans la fosse qui l'avait tuée. La même terreur que celle qu'elle lui avait fait subir durant tant d'années. Ce n'était pas lui qui l'avait tuée… Sa peur l'avait tuée !

Des années durant, il avait souffert de ses punitions à elle. Et ce jour-là, il s'était vengé. C'était lui qui l'avait punie. Toute la haine qu'il avait accumulée dans son enfance s'était rassemblée en un agglomérat dangereux, tel un abcès purulent près à éclater.

Il se souvenait exactement de ce jour.

C'était au printemps et il faisait un soleil radieux depuis le matin. Le ciel était bleu, sans nuages, un ciel rare en Bretagne. L'air, encore très frais à ce moment de l'année, était chargé des odeurs de vase et de goémon qu'il aime tant.

Il avait eu à faire à Paimpol pour son travail et il était passé le soir à Plessand, voir « Grand-Mère » comme il l'appelait. Cela faisait très longtemps qu'il ne l'avait plus vue. Sans véritable raison, il se sentait si heureux ce jour-là ! Peut-être la saison, le soleil, ou peut-être encore la si gentille employée de l'agence de voyage avec qui il avait travaillé toute la journée pour adapter un logiciel de réservation…

En tout cas il arriva vers 19h avec un petit bouquet qu'il avait acheté chez le fleuriste de la place, presque heureux revoir la vieille femme, plein de ce fol espoir qu'elle pourrait se réjouir elle aussi, être gentille, lui montrer un peu d'affection… Peut-être aurait-elle envie de dîner avec lui, de lui raconter toutes les nouvelles du village… Ils pourraient tester cette nouvelle crêperie du bourg…

Et puis, elle l'avait accueilli, comme chaque fois, avec sa hargne et sa méchanceté.

-Ah, voilà la mauviette ! Tu viens chercher ta punition, tu as besoin de t'isoler un peu ? Le blockhaus est prêt à te recevoir… et ta cachette préférée aussi, à 10 pieds sous terre ! » L'avait-elle interpellé en ricanant, du haut de son mètre cinquante, lui qui faisait maintenant plus d'un mètre quatre-vingt-dix…

Alors, il avait senti en lui un mur s'écrouler. La cloison qui retenait sa haine s'était fissurée et avait totalement cédé sous le poids de cette énorme douleur accumulée pendant toutes ces années.

Ce jour-là, il s'était vengé ! Pour lui et pour ce grand-père, qu'il n'avait jamais connu, mais qu'il s'imaginait avoir lui aussi tant souffert de cette femme castratrice.

Le terrible rire de la vieille s'était arrêté lorsqu'il l'avait ligotée puis portée au fond de la prairie. Il avait dû la bâillonner pour ne plus entendre ses invectives. Privée de la parole, elle le fixait de son dur regard et tout à coup, alors qu'elle comprit où il l'emportait, ses yeux étaient brusquement devenus suppliants et larmoyants.

Et c'est ce regard qui avait encore accentué sa haine, et c'est avec un plaisir indicible qu'il avait dégagé la fosse et enfermé la vieille dans le caisson où il avait lui-même tant souffert.

Il l'avait punie, elle aussi.

En cette belle journée de printemps, il y a quinze ans, il l'avait punie…

Et aujourd'hui, il avait été incapable d'étrangler la fille, même lorsqu'elle l'avait mordu et lui avait fait si mal !

Mais la mer, elle, la tuerait…

Il arrivait en vue de son mouillage, sur cette côte qu'il chérissait tant… Aujourd'hui il ne pouvait s'apaiser. Chacune de ses cellules semblait en alerte, prête à chavirer dans le néant, la folie, l'horreur.

La nature, la mer ne l'apaisaient plus. Le monstre avait fait surface …

41

« Commence par faire ce qui est nécessaire,

Puis ce qui est possible,

Et subitement,

Tu te surprendras à réaliser l'Impossible... »

Saint François d'Assise

Cécile observait l'eau qui s'engouffrait par le sas dans le vivier. C'était maintenant devenu un jet continu et puissant qui inondait l'intérieur de la construction. On pouvait voir le niveau qui augmentait de minute en minute. Mary était maintenant presque allongée dans l'eau glacée. Les homards se réjouissaient de l'inondation qu'ils attendaient depuis quelques heures et commençaient à se déplacer sur le sol inégal du vivier.

Le plus urgent pour Cécile était d'arriver à libérer ses mains et elle se concentrait depuis quelque temps déjà sur cette tâche. Ne pas penser à autre chose… Ne pas succomber à la panique. Les liens ! Il fallait qu'elle arrive à libérer ses mains ! En forçant sur le serre-câbles en écartant les mains elle était arrivée à détendre et élargir un peu le lien de plastique. Elle essayait maintenant de retirer une main de l'étau qu'il formait. Ses très fines attaches avaient souvent participé à sauver de petites catastrophes… Attraper un bijou glissé derrière un radiateur, récupérer une feuille dans les entrailles d'un photocopieur ou bien récupérer une clé tombée entre des rochers. Aujourd'hui il en allait de bien plus…

Si ce serre câble n'avait pas été si solide ! Elle plongea ses mains dans l'eau qui envahissait lentement ses chevilles et le sel brula la chair blessée, là où le plastique l'avait entaillée.

L'eau froide ne pouvait qu'aider à se libérer. Elle força une nouvelle fois sur le serre-câble et tira de toutes ses forces sur sa main gauche pour la sortir du lien.

Elle la sentit glisser lentement vers le haut et continua centimètre par centimètre sans se soucier de la douleur occasionnée par le lien coupant sa peau déjà blessée. Enfin sa main fut totalement dégagée. Elle était libre ! Elle se débarrassa rapidement du serre-câble et rabaissa le foulard si serré qui lui servait de bâillon. Sa bouche et sa mâchoire étaient douloureuses d'avoir essayé de crier avec le bâillon et elle ressentit un immense soulagement en le retirant.

L'urgence était maintenant de déplacer Mary, dont le corps inanimé était bientôt complètement immergé.

-Mary, je suis là, je vais te tirer au sec. » Elle ne réagit pas et Cécile glissa ses bras sous ses aisselles pour la soulever et la tirer dans la partie la plus haute du vivier. L'eau n'avait pas encore envahi cet endroit mais il suffirait de quelques minutes à la mer pour inonder aussi cette partie…

Mary était très légère mais Cécile dut interrompre sa progression plusieurs fois, afin de retirer quelques coquillages ou cailloux qui auraient pu blesser les jambes de la jeune femme en la traînant sur le sol. Arrivée dans le coin encore sec du vivier, Cécile appuya le torse de Mary contre la paroi et s'assit auprès d'elle. Les mains de la jeune femme étaient glacées et Cécile les frotta fort pour les réchauffer. Elle fit de même avec ses jambes qu'elle frictionna au travers du jean trempé. Elle continua en massant la nuque et le front de la jeune Anglaise qui enfin ouvrit péniblement les yeux.

42

« Cet univers ne serait pas grand-chose

S'il n'abritait pas les gens qu'on aime. »

Stephen Hawking

Frank conduisait en silence.

Sophie et lui avaient déposé Erwan, Cédric et Antoine Caurel au port de Lézardrieux. Durant tout le trajet, Sophie avait observé Caurel qui avait pris place à l'avant du véhicule auprès de Frank, se retenant de le secouer pour le faire sortir de son silence. Cet homme était d'une façon ou d'une autre responsable de la disparition de son amie et cette pensée la rendait folle.

-Frank et moi allons prévenir la Gendarmerie ! Pas question de partir se promener en bateau… » Avait aussitôt affirmé Sophie lorsqu'ils étaient arrivés à la vedette de Cédric.

Ils étaient maintenant sur le chemin de la gendarmerie.

Sophie était assise sur le siège passager du 4x4 Mercedes, et restait singulièrement calme et silencieuse, le visage fermé et les yeux perdus dans le vide.

Depuis qu'il la connaissait, Frank n'avait jamais vu sa compagne si soucieuse et ce changement brutal le déstabilisait totalement, l'angoissant plus que tout ce qu'ils étaient en train de vivre.

-Tu ne dis rien. Que se passe-t-il ? »Risqua-t-il d'une voix basse.

Sophie tourna la tête et le fixa de ses yeux bruns. Son regard triste et grave était tellement atypique qu'il faillit faire une embardée en la voyant si désemparée.

-Il y avait un cheveu de Cécile accroché aux fibres de la caisse de bois, dans cette horrible fosse. Je l'ai parfaitement reconnu ! » Sa voix restait sourde et grave. « Et puis il y avait d'autres cheveux… Un long cheveu brun et un autre plutôt crépu… Je ne sais pas quoi en penser, mais je crois que tout ça est extrêmement grave ! »

Sophie était la personne dotée du sens de

l'observation le plus développé qu'il connaisse et elle était passionnée d'esthétique et de coiffure. Si elle affirmait avoir reconnu un cheveu de Cécile, il savait qu'elle avait certainement raison…

-J'ai tellement peur qu'elle soit morte ! » Poursuivit-elle avant d'éclater en sanglots.

Frank s'arrêta sur le bas-côté et la prit dans ses bras. Il ne savait que dire pour la consoler. Il avait lui aussi en tête ce trou béant qu'ils avaient découvert dans la petite prairie. Quel épouvantable scénario avait pu se dérouler à cet endroit ??

Après avoir essuyé les larmes de Sophie de son mouchoir, Frank la repoussa tendrement sur son siège et raccrocha sa ceinture avant de démarrer.

- Nous arrivons à la gendarmerie. Ils vont nous aider, j'en suis sûre!

Quelques minutes plus tard, la Mercedes se garait sur le parking de la Gendarmerie Nationale. Sophie s'était un peu calmée mais son visage défait révélait la profondeur de son émoi.

Ils entrèrent dans le bâtiment et prirent place sur les chaises de la petite entrée servant de salle d'attente. Quelques prospectus touristiques datant de plusieurs années reposaient sur le rebord de la fenêtre et une grande affiche aux couleurs passées vantait le courage des sauveteurs en mer membres de la SNSM.

On entendait des voix dans la pièce adjacente dont la mauvaise insonorisation laissait passer les bribes d'une conversation entre un gendarme et un homme apparemment âgé. Celui-ci se plaignait de son voisin qu'il soupçonnait d'avoir empoisonné son chien. Le gendarme enregistrait la main-courante et Frank et Sophie pouvaient entendre tous les détails de l'affaire.

-C'est vraiment confidentiel ici ! » Ne put s'empêcher de commenter Sophie avec un petit sourire.

Après dix bonnes minutes, une fois le procès-verbal enregistré, la porte s'ouvrit et le vieil homme sortit.

Le gendarme pria Frank et Sophie d'entrer et leur fit prendre place sur les deux chaises lui faisant face.

- Que puis-je faire pour vous, Madame, Monsieur ? » Le lieutenant Aubry, comme l'attestait le badge épinglé à son polo bleu ciel, était un homme d'une quarantaine d'année dont la carrure imposante laissait supposer de nombreuses heures passées en salle de musculation. Son large sourire conférait une note sympathique au visage carré du gendarme.

Sophie s'était un peu ressaisie et, retrouvant son élan

habituel, elle se mit à raconter leur arrivée à Paimpol, la disparition de son amie et la découverte de la fosse dans la prairie de la maison Caurel.

Le lieutenant Aubry prenait des notes, et sa main brunie par le soleil courait sur le papier de son bloc en émettant un léger bruissement.

-Vous parlez bien de Monsieur Caurel, le maire de Plessand, Madame ?

- Oui c'est bien lui !

- C'est un homme très honnête, Madame, et je ne vois pas comment il pourrait être mêlé à la disparition de votre amie. Et cette histoire de fosse dans son terrain… D'ailleurs êtes-vous certaine que votre amie a vraiment disparu ? Il s'agit d'une femme adulte qui peut avoir eu un projet de voyage dont elle ne vous a pas informé. Y avez-vous pensé ??? Vous semblez très émotive et je vous propose de vous détendre un peu en visitant notre belle région. Vous verrez que Madame Delange – c'est bien le nom que vous m'avez donné ?- eh bien, Madame Delange réapparaîtra dans peu de temps !

Sophie répondit au lieutenant par un regard furieux et Frank comprit qu'il devait intervenir pour éviter une escalade de la situation.

-Je comprends bien que notre histoire est un peu

difficile à comprendre, lieutenant. » Commença-t-il dans son français approximatif. « Mais ma compagne est quelqu'un de très stable et Monsieur Caurel lui-même est en ce moment à la recherche de Cécile Delange ! Il semblait très inquiet en constatant que le bateau de son frère avait disparu. A l'heure qu'il est, il est en mer à sa recherche et il compte certainement sur l'appui de la gendarmerie. »

- C'est Monsieur Caurel qui vous envoie ? » Le lieutenant Aubry avait totalement changé d'attitude à l'évocation de l'implication du Maire de Plessand

-Mais bien sûr ! Nous étions ensemble à la recherche de notre amie. Monsieur Caurel est parti en bateau avec Erwan et Cédric pendant que nous sommes venus ici !

-Erwan et Cédric ? Je les connais aussi ces deux-là. Ce sont de bons gars ! Cédric est sauveteur en mer comme moi ! Bon, il semble bien que cette histoire soit sérieuse... »

Voyant que Sophie bouillait de colère après le peu de considération que le lieutenant avait apporté à ses paroles, celui-ci ajouta :

- Je suis désolée, Madame, de ne pas avoir pris vos soucis au sérieux. Je vais voir ce que nous pouvons faire pour vous aider rapidement. Donnez-moi vite

des détails concrets, s'il vous plait !
Nous allons agir !

43

« Ne prenez pas la vie trop au sérieux, de toute façon, vous n'en sortirez pas vivant… »

Bernard Fontenelle

Mary poussa brusquement un cri terrible.

Cécile comprit ce qu'il s'était passé lorsqu'elle ressentit elle aussi une douleur fulgurante à la cheville. Les homards se déplaçaient maintenant dans tout le vivier et l'un deux venait de la pincer jusqu'au sang. Elle repoussa comme elle put les crustacés avec ses pieds en raclant sa chaussure sur le sol inégal.

Chaque mouvement menaçait néanmoins de la déstabiliser et elle se reconcentra sur sa tâche. La marée était montée et l'eau inondait entre temps le vivier jusqu'à mi-hauteur. Mary ne pouvant plus rester allongée ou assise, Cécile, debout contre la paroi, la soutenait contre elle pour la sauver de la noyade. Malgré le moindre poids de la jeune Anglaise, Cécile était épuisée et ses membres raidis par le froid et par l'effort devenaient plus douloureux de minute en minute.

Déjà les homards se ressaisissaient et Cécile comprit qu'ils se rapprochaient de nouveau de leurs jambes. Elle attendit qu'ils arrivent à bonne distance de son pied droit et essaya de les envoyer d'un grand coup de l'autre côté du vivier. Mais la pression de l'eau empêchait de donner de l'élan à son mouvement. Trois gros homards se rapprochaient déjà de leurs jambes.

Elle serra Mary un peu plus fort contre elle et monta avec détermination sur le crustacé le plus proche pour l'écraser de son poids. Elle se balança légèrement d'avant en arrière pour intensifier la pression. Le homard agitait ses pinces vers le haut, cherchant désespérément à attraper l'agresseur. Cependant la carapace du homard céda brusquement en craquant sous les semelles de Cécile et il cessa aussitôt ses attaques. La jeune femme racla le sol pour éloigner le crustacé qui se débattait encore dans son agonie. Les deux autres homards se détournèrent alors des jambes des deux femmes pour se diriger vers leur congénère blessé, afin sans doute de le dévorer.

Cécile n'en pouvait plus et de grosses larmes envahirent ses joues.

Ce nouveau combat contre les crustacés avait eu raison de ses dernières forces. L'eau montait toujours et elle se demanda s'il ne serait pas mieux de se laisser aller, de se laisser couler dans le flux qui l'engourdissait déjà. Cette lutte avait-elle un sens ? Pourquoi ne pas céder à cette langueur qui l'envahissait peu à peu? Il ne leur restait de toute façon que quelques minutes à vivre.

Son regard se porta sur le crustacé agonisant qui était devenu la proie des autres homards. Elle se détourna rapidement de la scène, ne pouvant s'empêcher de penser à ce qu'il leur arriverait bientôt, à Mary et à elle, lorsqu'elles seraient vaincues par la marée montante! Elle rassembla le peu d'énergie qui lui restait encore.

Elle pouvait tenir encore un peu… Un tout petit peu…

44

"Venez à mon secours, grand Dieu : ma barque est si petite et la mer est si grande."

Proverbe breton

Cédric connaissait bien le coin mais jamais il n'avait accosté sur cet îlot inhabité. Ils avaient dû contourner l'île Nord pour y accéder et se trouvaient maintenant face à la pleine mer, en proie à des vagues de plus en plus grosses. C'était Antoine Caurel qui les avait guidés vers l'îlot rocheux.

-Nous y venions souvent avec nos parents lorsque nous étions enfants. Mon père avait alors un petit bateau qu'il mettait à l'eau pour la durée de nos vacances. Raymond adorait ces sorties et nous jouions des heures durant aux pirates et aux naufragés. Raymond a toujours été fasciné par la mer. Je sais qu'il y vient encore souvent et il a même retapé le vieux vivier qui s'y trouve. Il y apporte ses crustacés lorsqu'il en pêche beaucoup. Il aime beaucoup cet endroit. C'est un peu resté son île au trésor…

Ils arrivèrent enfin à un petit embarcadère qui avait dû être construit par les pêcheurs au siècle dernier.

Un anneau d'amarrage avait été scellé récemment, comme en témoignait le brillant du métal. Le bateau de Raymond Caurel n'était pas là.

- Votre frère n'est pas là Monsieur Caurel ! Que faisons- nous ? Où peut-il être allé ? » Cédric avait mis le moteur en bas régime et amorçait déjà un virage pour faire demi-tour.

- Je voudrais vérifier quelque chose avant de repartir. Pouvez-vous accoster un moment ? » Caurel était toujours très nerveux. Son front soucieux et sa mâchoire serrée trahissaient son angoisse.

Erwan sauta à terre pour amarrer la vedette et tous sortirent de l'embarcation.

- La marée monte. Nous devons prendre ce chemin à l'intérieur de l'île. Il en existe un autre beaucoup plus rapide pour accéder au vivier mais il est déjà recouvert par la mer.

- Vous voulez aller au vivier ? Qu'espérez-vous y

trouver ? » L'angoisse s'entendait dans la voix d'Erwan alors qu'il posait cette question.

- Il faut faire vite. L'eau monte rapidement. » Sans répondre plus à la question, Caurel se mit à courir sur le sentier et Cédric et Erwan lui emboîtèrent le pas.

A certains endroits, la mer léchait déjà le chemin, humidifiant le sol rugueux et le rendant glissant. Les trois hommes arrivèrent bientôt à une petite baie dans laquelle on discernait une construction rectangulaire dont seule la partie supérieure dépassait encore de l'eau. Le sentier s'arrêtait là, disparaissant sous la mer.

-C'est le vivier ! Mais il est déjà dans l'eau. » Caurel serrait les poings, le regard fixé sur le bâtiment de granit.

Sans plus attendre, il se mit à suivre le sentier en direction du vivier, progressant dans l'eau froide, bientôt suivi d'Erwan et de Cédric.

-Par ici ! Il y a des marches sur la gauche ! » Les trois hommes étaient maintenant dans l'eau jusqu'à la poitrine et leur progression était rendue plus difficile par les courants de marée..

Enfin parvenu à son but, Caurel monta rapidement les quelques marches qui menaient au sommet du vivier, suivi aussitôt de Cédric et d'Erwan. Au même moment ils perçurent un faible cri parvenant du vivier et ils se précipitèrent vers l'ouverture la plus proche pour découvrir avec horreur Cécile, cramponnée d'une main aux lattes de la trappe. De l'autre bras, elle maintenait contre elle une jeune femme, apparemment inanimée. L'eau atteignait déjà son menton et envahit sa bouche lorsqu'elle voulut parler.

-Cécile ! Nous sommes là, Cécile, tiens bon ! » Erwan chercha l'ouverture de la trappe mais son regard tomba sur le gros cadenas brillant qui la verrouillait. Cédric et Antoine avaient eux aussi repéré la solide fermeture et leurs regard se croisèrent, emprunts de désespoir.

-Essayons de la desceller ! » Caurel s'accroupit près de la trappe et entreprit de tirer de toutes ses forces sur les attaches métalliques. Mais celles-ci semblaient avoir été fraîchement consolidées, les lourds gonds d'acier étant bien ancrés dans du béton récemment coulé. Rien ne bougeait.

-J'ai une hache dans mon bateau ! » Déjà Cédric redescendait les marches et entrait dans l'eau glacée. Alors qu'il s'éloignait sur le sentier en direction de l'appontement, Caurel dit tout bas : « Cela risque d'être trop tard, l'eau continue de monter !.. ».

Erwan s'allongea à plat ventre sur le vivier et en scruta l'intérieur par la trappe tout en s'efforçant de rassurer Cécile : « Ça va Cécile, nous avons trouvé une solution. Nous allons te sortir de là. »

Incapable de parler à cause de l'eau qui menaçait d'envahir sa bouche, Cécile accrochait son regard à celui d'Erwan, comme si ce lien pouvait la maintenir hors de l'eau. La tête de l'autre jeune femme reposait sur l'épaule de Cécile, tournée vers le haut. Erwan était conscient de l'effort gigantesque que Cécile devait fournir pour maintenir le corps inanimé avec son autre bras.

Erwan passa ses mains puis ses avant-bras aussi loin que possible entre les lattes. Celles-ci étaient malheureusement trop rapprochées pour lui permettre d'entrer entièrement ses bras. Il réussit cependant à saisir les frêles épaules de la jeune femme inanimée et put ainsi soulager Cécile de son poids.

-Cécile, je la tiens, tu peux la lâcher !

Aussitôt, Cécile remonta son autre bras et, accrochée des deux mains à la trappe, elle réussit à se hisser un peu plus haut, remontant son visage hors de la limite de l'eau.

-Erwan, merci ! Merci !

-Nous allons y arriver Cécile, reste calme ! » Allongé à plat ventre sur la rugueuse surface du vivier, Erwan maintenait Mary tant bien que mal à la surface de l'eau. De grandes tâches bleutées s'élargissaient déjà sur ses avant-bras, coincés entre les lattes. La douleur était extrême et Erwan s'efforçait de contrôler son souffle pour ne pas gémir sous l'élancement de ses muscles martyrisés qui tremblaient maintenant sous l'effort.

La jeune femme qu'il maintenait à la surface de l'eau était toujours inconsciente et le teint bleuâtre de son visage révélait l'état sérieux dans lequel elle se trouvait.

Caurel était parti à la rencontre de Cédric qui revenait déjà, et Erwan entendit avec soulagement les deux hommes avancer péniblement dans l'eau vers le vivier. Une grosse hache apparut dans le champ de vision d'Erwan, bientôt suivie du visage de Cédric, apparemment à bout de souffle.

Celui-ci se mit aussitôt à frapper sur l'anneau de fermeture de la trappe qui semblait être le point le plus faible de la construction. Chaque coup porté se répercutait sur la trappe elle-même et sur les bras d'Erwan qui grimaçait de douleur à chaque secousse. Cécile elle aussi semblait avoir de plus en plus de mal à tenir ses doigts bleus par le froid accrochés aux lattes de la trappe.

Tout à coup le courant de la marée entraîna une nouvelle masse d'eau par le sas du vivier qui fut brusquement inondé totalement. Cécile rassembla ses dernières forces pour se hisser un peu plus haut encore afin que son nez et sa bouche se trouvent entre les lattes. Erwan pressa Mary vers le haut afin que son visage soit lui aussi dans les quelques centimètres non immergés. Mais la jeune femme était totalement inconsciente et sa tête roula sur le côté, retombant dans le flux glacé.

C'est à ce moment que l'anneau métallique se libéra du béton où il était scellé, arrachant un cri de triomphe à Cédric qui jeta aussitôt sa hache de côté pour entrouvrir délicatement la trappe. Alors qu'Antoine Caurel se penchait pour tirer Mary hors de l'eau, Cécile se mit à hurler, d'une voix cassée :

-Non pas lui !! » Elle avait aussitôt reconnu le visage de son bourreau et tout son corps se raidit à sa vue. Que faisait-il ici ? La libérer après l'avoir maltraitée et presque tuée ?

- Ça va aller, Cécile, il n'y a pas de danger ! Je t'expliquerai, ait confiance en moi ! » Après avoir libéré avec soulagement ses bras d'entre les lattes, Erwan l'aida à sortir de la trappe inondée et l'enlaça brièvement.

-Il faut partir vite ! » La mer avait commencé à

recouvrir le vivier, léchant les pierres de ses vagues régulières. L'eau était maintenant si profonde qu'elle atteignait les épaules de Cédric et Erwan. Seul Antoine Caurel, le plus grand des trois, pouvait sortir les bras de l'eau et c'est donc lui qui porta Mary jusqu'au sentier, la maintenant aussi bien que possible hors de l'eau. Erwan et Cédric aidèrent ensemble Cécile à progresser jusqu'au rivage, la soutenant chacun par un bras. Elle s'était mise à grelotter et son corps était secoué de violents sursauts, de froid et d'épuisement.

Enfin arrivés au sec sur le rivage, tous se dirigèrent vers l'embarcadère par le sentier qui menaçait lui aussi d'être très bientôt envahi par la mer. Alors qu'ils arrivèrent au bateau, ils virent un hélicoptère de la gendarmerie s'approcher à grande vitesse de l'îlot.

45

« *Game over. Des fois, tu as l'impression d'être Mario et que c'est ton pire ennemi qui contrôle la console...* »

Elisa Monard

Raymond Caurel entra dans la demeure de son frère. Une délicieuse odeur se répandait dans tout le rez-de-chaussée, provenant de la cuisine où Gaëlle s'affairait. Elle avait certainement cuisiné l'une de ses spécialités. Elle était une formidable cuisinière et lorsqu'il séjournait à Plessand, les bons petits plats de Gaëlle contribuaient à enjoliver son séjour.

-Bonjour Raymond ! Bonne pêche ? » Gaëlle était une des seules personnes capables de les discerner d'un seul regard, son frère et lui. Gaëlle avait fréquenté la même école que lui. Elle était dans une classe en-dessous de lui mais ils faisaient souvent chemin ensemble, la famille de Gaëlle habitant au bourg de Plessand. C'était une jeune fille discrète mais enjouée et elle s'était toujours montrée très gentille avec lui. Peut-être même avait-elle été amoureuse de lui ? Lui n'avait de regard pour personne, trop occupé qu'il l'était à gérer sa souffrance. Peut-être auraient-ils pu devenir un couple et plus tard se marier, fonder une famille, être heureux… HEUREUX, comme ce mot résonnait vide quand il s'agissait de lui !

-J'ai préparé une soupe de poisson, un rôti de porc et un gratin de chou-fleur, comme tu l'aimes avec beaucoup de crème !

-Merci, Gaëlle ! Tu es simplement merveilleuse !

Il avait prononcé la phrase avec une telle intonation grave et passionnée qu'elle déposa le plat fumant qu'elle était en train de sortir du four et se retourna pour le regarder, étonnée.

-Tu es bien gentil aujourd'hui ! Ça va ? Tu es tout drôle!

Il s'empressa de cacher son bras blessé derrière son dos et répondit :

- Tout va bien ! Un peu de migraine… Je n'ai pas faim pour le moment. Je vais attendre Antoine. Tu vas pouvoir rentrer, Gaëlle. Et merci pour le repas. Merci pour tout ce que tu as fait pour moi!

Voyant le visage défait de Raymond, elle n'osa pas le contredire, défit lentement son tablier et rassembla ses affaires dans l'entrée pour partir. Elle se retourna brusquement pour ajouter :

- Au fait, Anne Le Cornic a appelé ! Elle se fait beaucoup de soucis car elle n'arrive pas à joindre la jeune femme qui occupe leur maison et s'occupe de Noireau. Elle a demandé si quelqu'un pouvait passer voir si tout va bien. Tu peux t'en charger ou veux-tu que j'y aille ?

- J'irai ! Ne t'inquiète pas ! Bonne journée et rentre bien, Gaëlle !

Raymond Caurel gravit l'escalier jusqu'au deuxième étage où se trouvait son studio. La pièce était inondée de soleil, la brume du matin ayant été repoussée par le vent. Par la large fenêtre on voyait la mer, toujours très agitée.

Lorsqu'il avait quitté l'îlot, il avait vu s'approcher une vedette à moteur. Son frère était à bord, assis à l'avant du bateau, il l'avait tout de suite reconnu. Antoine, lui, n'avait pas repéré son bateau, concentré comme il l'était sur la route à prendre pour arriver à l'îlot.

Antoine savait.

Il savait. Il avait deviné.

C'était peut-être ce qui lui faisait le plus de mal dans tout ce gâchis ! Son frère, la seule personne qu'il aimât vraiment, savait maintenant que le monstre qui était en lui s'était libéré.

Il se souvenait de son regard horrifié lorsqu'il lui avait confié la façon dont leur grand-mère était morte. Il avait eu tellement peur de le perdre à ce moment ! Et il avait eu honte aussi…

Et pourtant, il n'avait pas pu s'empêcher de recommencer. Cet horrible plaisir qui l'avait submergé alors, il avait voulu le ressentir, encore, encore…

Mais il n'avait jamais avoué à son frère ses autres crimes.

Il prit la clé de l'armoire dans sa cachette et en ouvrit la porte. Il sortit le coffret en acajou qui occupait la moitié de l'étagère centrale et le posa sur son bureau.

Différents objets y étaient rassemblés. Il y prit le smartphone qu'il avait confisqué à l'ingénieur de New Dehli. Il avait aussi gardé son livre de poche en hindi. Il avait beaucoup aimé les caractères, si mystérieux.

De la jeune marocaine il avait gardé son lourd bracelet en cuivre. Il était superbe. Et puis la robe qu'elle portait lorsqu'il l'avait rencontrée. Une robe bleu pâle toute brodée de blanc. Lorsqu'il la déplia, son parfum musqué embauma la pièce. Se pouvait-il que cette enivrante senteur ait perduré si longtemps ? Ou bien était-elle encore si présente dans sa mémoire olfactive qu'il se l'imaginait... Il avait aussi conservé son passeport. Elle était si mignonne sur la photo ! Il avait envoyé son sac à dos à la mer lorsqu'il y avait jeté son cadavre. Il avait procédé de même avec l'ingénieur indien et sa valise.

Le journal intime de Mary était aussi dans le coffret. Il ne l'avait pas lu, mais il avait feuilleté quelques pages et admiré les illustrations qu'elle ajoutait à ses annotations. C'était très joli. Et puis il avait aussi son téléphone portable, avec une photo d'elle avec son ami, glissée dans la coque protectrice. Elle lui avait raconté toute l'histoire. La demande en mariage, sa réponse, tout ça... Son sac à dos à elle était toujours dans le placard de la salle de bain.

Et puis il y avait ce qu'il avait conservé de sa grand-mère : Cette petite Vierge Marie en métal qu'elle portait toujours dans sa poche. Il la lui avait confisquée avant de l'envoyer dans la fosse. Il ne voulait pas qu'elle ait un quelconque réconfort... De sa grand-mère, il avait beaucoup plus de souvenirs... Toute la maison, restée figée comme au jour de sa mort !

Il tria les articles qu'il avait retirés du coffret, les

répartissant avec soin sur le bureau, selon leur propriétaire.

Enfin il prit un dernier objet, un pistolet Mauser qui avait appartenu à son père et qu'il avait trouvé dans une malle dans la longère de la grand-mère. Il l'avait soigneusement nettoyé et l'odeur spécifique du lubrifiant d'armes se répandit dans la pièce aussitôt qu'il le sortit de son enveloppe de lin grège.

Le coup de feu retentit loin alentour. On l'entendit jusqu'au bourg, sur la grève et même au petit port plus loin sur la côte.

46

"La peur est un cri, la terreur est un murmure."

Anonymus

Cécile ne put réprimer un sursaut lorsqu'elle ouvrit la porte et en découvrit le visage d'Antoine Caurel, si semblable à celui de son frère…

Antoine Caurel l'avait appelée et avait demandé à la rencontrer ainsi qu'Erwan, Cédric, Sophie et Frank.

-Je vous dois des explications à tous. Mais bien sûr, à vous tout particulièrement, Cécile ! J'aimerais que vous appreniez la vérité de ma bouche et non pas par la police ou par les ragots qui circulent dans les journaux. C'est peut-être la seule chose que je puisse encore faire pour mon frère.

Cécile était rentrée la veille de l'hôpital où elle avait passé deux jours en observation. Elle se sentait encore très fatiguée mais avait retrouvé toute son énergie et son moral d'acier.

Après leur sauvetage in-extremis, un hélicoptère du SAMU les avait transportées, Mary et elle, au CHU de Lannion. On avait diagnostiqué à Mary une septicémie avancée à laquelle s'ajoutait à un état général alarmant. Elle avait été aussitôt admise en soins intensifs.

-Comment va la jeune Anglaise ? » Demanda Antoine Caurel dès son arrivée à la maison des Le Cornic, où tous s'étaient retrouvés pour rencontrer le maire.

-Mary est toujours en soins intensifs mais il semble que l'antibiotique qu'on lui administre agisse bien. Ses valeurs sanguines se sont déjà beaucoup améliorées. C'est très bon signe !

Sophie avait préparé du café et des boissons et tous s'étaient réunis dans le salon de la petite maison des Le Cornic. Erwan avait allumé le poêle à bois : Le froid et la pluie s'étaient installés depuis la veille et les fortes bourrasques rappelaient l'arrivée prochaine de l'automne.

Noireau se prélassait sur sa couverture auprès du poêle et se réjouissait de l'attention qu'on lui portait à nouveau.

Antoine Caurel avait toujours l'air bouleversé. Sa villa ainsi que la maison de « la mère Caurel » étaient encore isolées par un cordon de police et les découvertes qu'on y avait faites étaient commentées dans tout le village…

Après qu'il eut salué tout le monde, le silence se fit autour de lui et il se mit à parler d'une voix grave de son frère jumeau, Raymond.

Raymond avait toujours été un enfant plutôt timide et renfermé alors qu'Antoine avait développé, dès son plus jeune âge, un talent véritable pour conquérir et séduire son entourage. Malgré leurs caractères opposés, il existait cependant une véritable connivence entre les deux frères.

Leurs différences s'était répercutées sur leurs vies et sur leurs résultats scolaires, probablement car Antoine arrivait toujours à charmer son entourage par son humour et ses réparties. Il parvenait rapidement à séduire les professeurs alors que Raymond, lui, n'osait même pas prendre la parole. Sa timidité lui occasionnait parfois des peurs paniques et il lui arrivait même d'être l'objet de railleries terribles dans sa classe.

A l'issu de l'école primaire, Antoine avait été envoyé dans un pensionnat musical où il pouvait faire progresser ses dons pour le violon, tout en continuant un cursus classique. Il s'y fit aussitôt des amis et s'y sentit fort bien. Il rentrait chaque week-end dans sa famille et retrouvait avec joie son frère Raymond qui fréquentait le collège voisin de leur domicile. Leurs différences n'avaient jamais entaché leur bonne entente et les deux frères retrouvaient chaque week-end leur complicité et profitaient ensemble d'une vie de famille heureuse.

Ils étaient tous les deux en cinquième lorsque leurs parents décédèrent dans un terrible accident de la route. Le conseil de famille avait décidé qu'Antoine continuerait ses études dans le lycée musical et rentrerait aux vacances scolaires chez sa grand-mère paternelle.

Raymond, lui, serait placé à plein temps chez leur grand-mère et fréquenterait le lycée le plus proche.

Sa grand-mère affichait une passion sans bornes pour Antoine et lorsqu'il rentrait, elle le fêtait comme un héros, lui préparant ses plats préférés et invitant voisins et famille pour l'écouter jouer du violon. Antoine remarquait bien qu'elle traitait Raymond différemment mais il pensait que cela était surtout dû à la rareté de ses visites et à l'amour de sa grand-mère pour la musique.

Et puis, elle se plaisait à répéter qu'elle aimait les hommes forts, pas les mauviettes. Elle regardait souvent Raymond en prononçant cette phrase avec un petit sourire méchant.

Raymond, lui ne se plaignait pas, même s'il était clair qu'il était très malheureux. La disparition de leurs parents semblait l'avoir complètement détruit et seuls les rares séjours d'Antoine lui rendaient un peu de joie de vivre.

A l'issue de son baccalauréat, Raymond avait choisi de faire des études d'informatique à Rennes et il put enfin se soustraire à la dureté de sa grand-mère. Antoine entreprit des études d'architecture à Paris.

Les deux frères se rencontraient à cette époque dans la capitale, où Raymond venait souvent passer le week-end chez Antoine. C'est durant l'un de ces week-ends qu'il lui raconta les sévices que leur grand-mère lui faisait subir. Il lui parla des journées qu'il avait passées, enfermé dans le bunker, et plus tard, des nuits sous terre dans l'horrible fosse…

Quelques années plus tard, leur grand-mère décéda d'un infarctus et Raymond ne revint plus à Plessand durant longtemps. Les deux frères héritèrent de la longère mais Raymond refusa qu'on y touche, la transformant en une sorte de sanctuaire un peu malsain.

Lorsque Raymond acheta un bateau pour aller à la

pêche, l'une de ses passions, ou peut-être la seule, puisqu'il n'affichait aucune relation suivie avec une femme, Antoine lui proposa d'aménager pour lui dans les combles de sa maison, un studio où il pourrait loger lors de ses séjours de pêche. Il venait d'être élu maire de Plessand et s'était fait construire la « Villa Blanche » sur un terrain hérité de leur grand-mère.

Un soir où ils passèrent la soirée ensemble à la maison d'Antoine, Raymond se confia de nouveau.

Il lui raconta la vérité sur le décès de leur grand-mère, qui était effectivement morte d'infarctus, mais non pas dans son lit, comme l'avait supposé le médecin du village… Ne supportant plus ses railleries et sa méchanceté, Raymond l'avait un jour portée et enfermée de force, d'abord dans le bunker puis dans la fosse, là où lui-même avait tant souffert.

Il avait écouté ses appels, ses cris, ses plaintes, jusqu'à ce qu'elle se tut complètement, submergée par l'horreur, comme lui l'avait été si souvent.

Elle en était morte. Raymond avait même avoué à son frère que cette souffrance lui avait procuré un plaisir intense…

Ils n'avaient plus jamais abordé le sujet depuis.

Ces aveux avaient mis Antoine terriblement mal à

l'aise et il s'était efforcé de les oublier, sans pourtant y arriver vraiment... Il se refusait à analyser la signification des actes de son frère, ne voulant pas entacher l'amour qu'il avait pour son jumeau. Depuis, il évitait la vieille maison et son terrain, qui avaient été le théâtre de cette tragédie, sans savoir qu'il s'y déroulait de nouveaux drames.

-D'une certaine façon, je suis responsable de tout ce qui s'est passé. J'aurais dû parler avec Raymond, reconnaître son traumatisme, le faire soigner. Je ne voulais rien entendre qui me fasse mal ! Qui me fasse réfléchir ! Qui me fasse peur ! En voulant sauvegarder ma tranquillité, je l'ai laissé devenir une sorte de monstre... Je ne pourrai jamais me le pardonner !

47

« Non seulement Dieu joue aux dés, mais il les jette parfois là où on ne peut les voir… »

Stephen Hawking

Deux ans plus tard.

Le bouchon de la bouteille de Champagne fit un plop digne d'un film publicitaire. Sophie commença à remplir les flûtes à la ronde.

-J'admire toujours la façon dont tu sers le Champagne chère Sophie ! » Lança Cécile en lui souriant.

-Tout est une question d'entraînement ma chère Cécile… Mais maintenant, laisse-moi porter un toast à cette superbe maison, au travail que vous avez réalisé tous les deux pour métamorphoser ce lieu… et bien sûr à votre couple !

Cécile et Erwan se regardèrent en souriant. Ils avaient vraiment beaucoup travaillé pour en arriver là, mais le résultat valait la chandelle.

Une légère odeur de peinture flottait encore dans l'air et la maison de « la mère Caurel » n'était plus reconnaissable. Volets, sol, peintures resplendissaient de couleur et de fraîcheur et transformaient la longère un lieu de vie joyeux et accueillant.

Le terrain avait été soigneusement remanié et de superbes massifs d'hortensias et d'agapanthes avaient été plantés pour l'agrémenter.

-Ce n'est pas dur pour toi d'avoir ce bunker sans arrêt sous les yeux ? » Demanda Frank en reposant son verre.

-En fait non ! J'ai toujours trouvé que cette maison irradiait quelque chose de bienveillant, malgré tout ce qu'il s'y est passé. Elle a une aura positive et c'est à nous de la mettre en valeur… Et pour ce qui est du blockhaus, Erwan en a fait un si joli petit musée que je ne reconnais même plus l'endroit ou Mary et moi étions enfermées !

-A propos ! As-tu reçu des nouvelles de Mary ? » Demanda Sophie.

- Oui regarde ! » Cécile se leva pour aller chercher

une lettre sur le petit secrétaire qui trônait à gauche de la porte d'entrée et en dessous duquel dormaient Laurel et Hardy, enroulés l'un contre l'autre sur leur couverture. Après avoir surmonté le stress du long voyage, les deux chats s'étaient parfaitement habitués à leur nouveau territoire de chasse…

-Elle a repris quelques kilos et … elle a fini par épouser son Terry ! » dit-elle en sortant de l'enveloppe un faire-part où l'on voyait la photo d'un couple souriant.

« Ça fait vraiment du bien de la voir ainsi ! »

Trois coups répétés se firent entendre à ce moment à la porte et la silhouette trapue de Cédric apparut derrière la porte vitrée.

Il ouvrit la porte sans attendre plus et se pencha à l'intérieur pour y déposer un seau dans lequel quatre homards s'agitaient frénétiquement.

-Bonjour tout le monde ! Je vous laisse quelques friandises pour votre dîner de ce soir. La pêche a été excellente aujourd'hui ! Je passe chez Antoine aussi pour lui porter deux homards. Bonne journée !

-Merci, l'ami ! » Lança Erwan par la porte ouverte à son ami qui s'éloignait déjà.

- Cédric laisse maintenant sa vedette au mouillage en

contrebas de notre terrain. C'est beaucoup plus pratique pour lui !

-Et comme ça, vous profitez aussi de la pêche merveilleuse ! Quelle vie vous avez, tous les deux ! Je commence à vous envier ! » Dit Sophie en resservant du Champagne.

-Et Antoine aime beaucoup le homard apparemment... Cédric lui en donne deux... » Ajouta-t-elle avec un clin d'œil.

-Eh bien, Antoine a maintenant une colocataire... Pour la première fois de sa vie, une femme a emménagé dans sa villa ! Figurez-vous qu'il est tombé amoureux fou de la jeune notaire chez qui nous avons signé la vente de la maison ! Elle a succombé à son charme et depuis quelques mois, ils habitent même ensemble...

-Cette maison semble effectivement posséder une aura positive... Et la délicieuse odeur du gigot qui nous attend dans le four y ajoute encore de l'attractivité ! A table tout le monde!

FIN

La Punition

Note de l'auteure :

Les personnages et lieux mis en scène dans « La Punition » relèvent totalement de la fiction. Si les paysages de l'archipel de Bréhat et de la région de Paimpol ont effectivement inspiré le cadre du roman, les éléments du décor, la commune de Plessand ainsi que les personnes décrites ne sont ni réels ni suggérés par la réalité.

Références :

Page 5 : Friedrich Nietsche/Biographie

Page 9 : Henry James / Les bostoniennes

Page 19, 108 : Marcel Proust / A la recherche du temps perdu

Page 24, 179, 190, 221 : Stephen Hawking / Source inconnue- Interview

Page 29 : Helen Fielding / Le journal de Bridget Jones

Page 32 : Confucius/ Les Analectes Guy Trédaniel éditeur ISBN-10: 281321373X

Page 39 : Winston Churchill / Source inconnue

Page 43 : Thich Nhat Hanh /La sérénité de l'instant Editeur: J'ai lu ISBN-10: 229001477X

Page 48 : George Duby / Source inconnue- Interview

Page 55 : George Sand / Source inconnue

Page 58 : Pierre-Jules Stahl /La théorie de l'Amour et de la Jalousie

Page 68 : Jacques Deval / Mademoiselle

Page 72 : Marguerite Yourcenar /Alexis ou le traité du vain combat

Page 74 : Yasmina Khadra /L'équation africaine
ISBN:2260019609
Éditeur : EDITIONS JULLIARD

Page 78 : Stephanie Hahusseau 7 Comment ne pas se gâcher la vie

Page 81, 105, 128 : Natascha Kampusch / 3096 Jours
ISBN :2709636387
Éditeur : J.-C. LATTÈS

Page 85 : Franz-Olivier Giesbert / La tragédie du président
ISBN : 2080689487
Éditeur : FLAMMARION

Page 89 : Auguste-Villier de Villiers de l'Isle-Adam / source inconnue

Page 93 : Haroun Tazieff / Jean Lavachery /Histoire de volcans
ISBN : 2253012149
Éditeur : LE LIVRE DE POCHE

Page 97 : Jean-Claude Brinette/L'art d'aimer

Page 100 : Sahar Khalifa /L'impasse de Bab Essaha

Page 112 : Robert Byrne/ Source inconnue

Page 114 : Pierre Corneille / Le Cid

Page 119 : Nelson Mandela/Source inconnue

Page 132 : Charles de Gaulle / Biographie 1890-1970

Page 138 : Edgar Allan Poe/ Histoires grotesques et sérieuses

Page 141 : Alain/Propos sur le Bonheur

Page 143 : Théocrite/source inconnue

Page 146 : Victor Hugo / Les travailleurs de la mer

Page 155 : André Gide Journal 1890

Page 158 : Marc Lévy / Les enfants de la liberté
ISBN 2266290657
Editeur Pocket

Page 162 : Julien Green/ Journal

Page 165 : Denis Bélaner/ source inconnue

Page 170 : Charles Regismanset/Nouvelles contradictions

Page 175 : Hillel (50 av JC)

Page 181 : Cyril Connoly/The unquiet grave

Page 186 : Saint François D'Assise (1181-1226)

Page 197 : Bernard Le Bovier de Fontenelle/Biographie

Page 208 : Elisa Monard /source inconnue

La Punition

Printed in Great Britain
by Amazon